★★★

ISAAC ASIMOV

以撒·艾西莫夫

★★★ 基地三部曲之三 ★★★

Second Foundation

第二基地

【各界推薦】

「基地是我的經濟學啓蒙之作。」

——保羅．克魯曼（Paul Robin Krugman，二〇〇八年諾貝爾經濟學獎得主）

「科幻大師的星際預言，歷久不衰的璀璨經典。歷史與銀河交織而成的星圖，映照出人性的勇敢，同時也見證了人心的墮落，眼見時代無情遞嬗，人們該如何傳承寶貴的文明與記憶？且讓我們搭乘艾西莫夫巧手鑄造的太空船，航向不可知的宿命終站。」

——何敬堯（奇幻作家、《妖怪臺灣》作者）

「艾西莫夫的《基地》系列以充滿懸疑的精彩情節，形塑出瑰麗壯闊的銀河史詩！毫無疑問是一部老少咸宜、值得代代相傳的科幻經典！」

——李伍薰（海穹文化總編輯）

「『基地三部曲』與後續系列，一部接著一部翻轉讀者的思維，一步接著一步開展宏大的計劃。科幻界不可多得的巨構，不看到最後絕不能罷手！衷心期盼這部經典著作在台灣再度掀起熱潮。」

——李知昂（，科幻作家，第一屆倪匡科幻獎首獎得主）

「……科幻長篇作品之最，令人廢寢忘食的經典之作。」

——（台大星艦學院前任社長）

「我小時候就是看艾西莫夫長大的。」

——唐鳳

「本書所要描述的，便是全宇宙的精英們如何窮盡一切知識與智慧，來推演出一場橫跨千百年的鬥智決戰。」

——（作家，第二屆倪匡科幻獎首獎得主）

「艾西莫夫的重要科幻小說都能提出令人耳目一新的奇幻因素，成爲後來科幻小說的典範。」

——張系國（知名科幻作家）

「艾西莫夫從年輕就創造了一個宏大的宇宙，萬萬沒有料到，會是他終其一生都說不完的偉大史詩。」

——張草（作者兼醫師兼科幻作家）

「科幻小說是個極具彈性的文類，不只能夠帶領讀者探索未來，也能包容過去歷史的脈絡。且看艾西莫夫，如何藉著基地這千年的未來史詩，帶領我們穿越帝國衰亡的時代，反思人類文化發展途中的必然與意外。」

——陳心一（交大科幻科學社前任社長）

「基地的偉大，不是莎士比亞那種偉大，而是因爲它最初是刊登在一本兩毛錢的科幻雜誌上，讀者平均年齡是十二歲，而十二歲的孩子看到基地裡的人類遍布整個銀河，跨越幾萬年的興衰起落，他們對世界的想像就不一樣了，例如比爾．蓋茲和伊隆．馬斯克。」

——陳宗琛（鸚鵡螺文化總編輯）

「在艾西莫夫的《基地》中，歷史並非翻過的書頁，而是滾滾洪流，下一秒出乎讀者預料，卻都在謝頓的掌握中。」

——陳湘婷（交大科幻科學社前任社長與創社社員）

「基地三部曲，以及後續的『基地系列』，不僅是首開銀河史詩的一部經典科幻，還卓然傲立於其他一切太空科幻的創作之上。它的價值、內涵、深度、情節、構思，遠非其他作品所能望其項背。『基地三部曲』不只是一套提供娛樂故事的小說，它還飽藏了科學、人文、社會、歷史和哲學的豐富意涵。它也不只是一部科幻經典，還可列入世界文學經典而當之無愧。」

——陳瑞麟（中正大學哲學系講座教授）

「艾西莫夫以其無限想像展示其快意飛越，引領讀者馳騁銀河星空，穿梭億萬光年宇宙。」

——黃海（知名科幻作家）

「未來的歷史、科幻的極致、城邦的《基地》。」

——葉言都（科幻作家）

「沒有艾西莫夫的《基地》，大概就沒有喬治盧卡斯的《星際大戰》……」

——難攻博士（【中華科幻學會】會長兼常務監事）

「在『基地』系列中，本身便是科學家的艾西莫夫獨創了一個貫通全書的『心理史學』，綜合了『氣體運動論』（物理學）、『群衆心理學』（心理學）、『歷史決定論』與『群體動力論』（歷史學），以一位不世出的心理史學巨擘謝頓爲主要人物，讓他以宏觀的角度預知了書中銀河帝國行將出現的悲慘命運，並試圖力挽狂瀾，改變似乎無可避免的大黑暗時期到來……

——蘇逸平（科幻作家）

還有**冬陽**（推理評論人）、**郝廣才**（格林文化發行人）、**臥斧**（文字工作者）、**張元翰**（中央研究院物理研究所研究員）、**陳穎青**（資深出版人）、**廖勇超**（國立台灣大學台灣文學研究所副教授）、**詹宏志**（知名文化人）、**謝哲青**（《青春愛讀書》節目主持人）、**譚光磊**（知名版權人）等人列名推薦。

【譯者序】

生命中最美好的事物

葉李華

在元旦假期剛剛結束，即將恢復單調作息之際，心有不甘的加菲貓想方設法要延續節慶的氣氛，最後找到一個絕佳的藉口，開始大張旗鼓慶祝艾西莫夫的生日……

這是整整三十年前，發表在許多報紙上的一則漫畫。由於只是幽默小品，漫畫家並沒有特別指出，正如十二月廿五日之於耶穌，一月二日也並非艾西莫夫真正的生日。原因有點難以置信，艾西莫夫的父母居然忘了他是哪天呱呱墜地的，於是他在懂事後，便很有主見地替自己做了決定。至於為何選這一天，或許可說他希望自己盡量年輕點，因為有證據顯示，他真正的生日介於一九一九年十月和次年的年初。

這個看似無關痛癢的決定，後來在他生命中激起了一次蝴蝶效應。一九四五年九月，美國陸軍徵召了一批年齡不滿二十六歲的青年，名單裡赫然有艾西莫夫，據說還是最「年長」的一員。他就這麼陰錯陽差當了九個月的大頭兵，最後以下士官階退伍。幸好這時二次大戰已經結束，否則他為國捐軀的機率恐怕不小。

假如在另一條歷史線上，艾西莫夫真的英年早逝，當然是科幻界的一大損失。不過即便如此，我敢說他仍會在二十世紀科幻文壇享有盛名，甚至仍有可能和克拉克及海萊因鼎足而三，正如享年三十七歲的拉斐爾仍能躋身文藝復興三傑之列。

這主要是因爲艾西莫夫成名甚早，二十一歲就以科幻短篇《夜歸》（Nightfall）一炮而紅，而他最重要的兩大科幻系列——基地與機器人——在他從軍前已打下重要基礎，例如《基地三部曲》已經完成三分之二，機器人系列的重要角色也出現了大半。這麼豐盛的成果，已經超越不少奮鬥一生的專業作家，然而事實上，那時的他尙未正式踏出校園。

想必有人不禁要問，這位年紀輕輕的業餘作家怎能如此多產，而且靈感源源不絕？針對這個問題，艾西莫夫晚年寫了一篇短文，爲我們提供了第一手資料。在這篇題爲《速度》的文章中，他把自己的快筆歸納成三個原因：

一、他從未上過任何文學創作課程，也未曾讀過這類的書籍，所以心理上沒有包袱，只知道把自己想到的故事一股腦寫出來，然後不管成果如何，一律盡快交卷。

二、打從九歲起，他放學後還得在自家的雜貨店幫忙，寫作的時間少之又少，逼得他不得不下筆如飛，更正確地說是運鍵如飛，不過當然還不是電腦鍵盤。

三、他勤於筆耕有個非常實際的目的，那就是貼補自己的大學學費。當時的小說稿酬相當微薄，爲了確保收入穩定，他必須成爲多產作家，因爲並非每篇小說都賣得出去。

至於靈感源源不絕這個問題，我在他的第三本自傳《艾西莫夫回憶錄》中，找到了這麼一段話：

「原因之一，我不寫作時其實仍在寫。當我離開打字機的時候，不論是吃飯、打盹或盥洗，我的腦子仍在工作。偶爾，我能從自己的思緒中聽到幾句對白或幾段論述，內容通常都跟我正在寫或準備寫的故事有關。即使沒聽到這些聲音，我也知道自己的潛意識在朝這方面運作。因此之故，我隨時隨地都能寫作。或許可以說，我早已寫好完整的腹稿。只要坐下來，讓大腦開始複述，我便能以每分鐘最多一百字的速度打出來。」

除此之外，艾西莫夫的靈感偶爾也有意想不到的來源。在我搜集的資料中，要數下面三個最有代表性：

一、想當年，一位教父級的科幻主編相當賞識艾西莫夫，要他定期到雜誌社討論自己的寫作計畫，頗爲類似指導教授和研究生的互動。話說一九四一年八月一日（這個日子比他的生日更眞實），雖然早已約好要面見主編，但由於忙著碩士課程，艾西莫夫的靈感掛零。他只好在前往雜誌社的途中，利用「自由聯想」強行製造一個點子：他隨手翻開一本書，讓思想不斷自由跳躍，如此連三跳之後，銀河帝國就在腦海中誕生了。

二、一九五七年，艾西莫夫已經是著名的教授作家，有一天，他正在校對一本生物化學教科書新版的校樣，突然接到科幻雜誌的邀稿電話。抽不出時間的他不得不忍痛推辭，因爲校對雖然是苦功，他卻絕對不敢假手他人。沒想到剛掛了電話，正準備上樓工作的時候，他就在樓梯上想到一個好點子。等到進了書房，他不管三七二十一，把一大疊校樣丟到一旁，開始創作一篇以訴訟爲主軸的科幻小說，主角則是協助教授校對文稿的機器人。

當年我翻譯這篇小說，最頭痛的就是題目，因爲艾西莫夫玩了一個巧妙的雙關語遊戲（Galley Slave），直到我將正文翻譯完畢，才終於想到《校工》兩字。

三、一九七五年年初，艾西莫夫接到一個頗具挑戰性的稿約，請他以「兩百歲的人」爲主題寫個短篇，用以慶祝美國開國二百週年。他覺得這是個有趣的構想，不久就完成了自己最滿意的機器人故事《雙百人》，並於一九七七年榮獲雨果獎與星雲獎雙料冠軍。唯一美中不足的是，原定的國慶科幻專集胎死腹中，因爲其他答應撰稿的作家，不是後來跳票了，就是寫得文不對題或品質不佳……

對我而言，艾西莫夫是個永遠談不完的話題（倪匡這位「東方艾西莫夫」也一樣），爲了避免一發不可收拾，今天就聊到這裡吧。最後請容我再引述一句「壽星」的自白，當作本文的結語：「我一生所做的事都是自己最想做的，我絕不惋惜花在寫作上的一分一秒，也從不覺得錯過了生命中任何美好的事物。」

葉李華・二〇二一年一月二日

【推薦序】

科幻大師艾西莫夫的三塊磨刀石

郝廣才

劍要鋒利需要什麼？

磨刀石。人呢？什麼是人的磨刀石？

一九四一年八月一日，紐約一個二十一歲年輕人，在地鐵坐立不安。他要去見科幻雜誌的大編輯坎貝爾（John W. Campbell），談寫書計畫。但腦中一片漆黑，沒有一點燭光。他翻開手邊的書，目光在字裡行間散步。突然看見「哨兵」，聯想到帝國，他讀過兩回《羅馬帝國興亡史》，寫一個「銀河帝國」興亡史如何？

坎貝爾聽了，毛髮都站起來，他要年輕人立刻寫，每集要有開放式結局。年輕人心虛的回家，開始動手，從一九四二年連載八年，寫完《基地系列》。是的，他就是三大科幻小說家艾西莫夫（Isaac Asimov）。

艾西莫夫是猶太人，出生在俄國，一九二三年三歲時，父母帶他移民到紐約，爸爸日夜打工，存錢開了糖果書報店。九歲起，天天清晨五點起床，六點顧店，再去上學。放學後繼續顧店，沒事就拿店裡雜誌來讀，特別愛讀科幻小說，十一歲動手自己寫。

大量閱讀，練就過目不忘的功夫。在功課比記憶力的時代，十五歲讀完高中，申請哥倫比亞大學。校方說他「年齡不足」，叫他讀附屬社區學院。入學後，他發現問題不是年齡，而是種族，當時猶太人等同有色人種受歧視。一九三八年，學院倒閉，哥大只好收了所有學生，他轉入哥大。轉學空檔，創作短篇小說，成功賣出第一篇作品。一九三九年，大學畢業。窮人翻身的捷徑是什麼？當醫生。他申請醫學院，收到五封拒絕信。不是不夠優秀，眞的原因是「猶太人」。不信邪再敲一次門，再吃五回閉門羹。等待中寫了第一則機器人故事，原本想寫令人同情的機器人，越寫越覺得，機器人是工程師設計的產品，內建的邏輯和安全機制，不該引發情緒，也不可能威脅人。這段思考，埋下日後「機器人三大法則」的種子。

被醫學院拒絕，沒有澆熄深造的熱情。他改申請哥大化學研究所，結果呢？被拒絕。他跟校方談先試讀一年，表現不好自動離開。哥大同意，他拼命讀書，用力打工，努力寫短篇小說投稿賺錢。兩年拿到碩士，累積登出三十一篇作品，認識很多編輯，他遇到文學生涯第一個高人《驚奇科幻》雜誌主編坎貝爾。

坎貝爾習慣找作者聊天，丟出問題給作者接招，激發創作潛力。他跟艾西莫夫談愛默生的詩：「如果蒼穹繁星，千年方得一見。面對上帝之城乍現，人類如何敬畏、讚嘆、膜拜、世代流傳這份記憶？」

他好奇如果用這首詩爲題，能寫出什麼故事？艾西莫夫接過挑戰，二十二天寫出《夜幕低垂》Night Fall。坎貝爾投出變化球，艾西莫夫擊出全壘打！這篇作品讓艾西莫夫一炮而紅。

兩人不斷思想交鋒，推動他寫出架構龐大的《基地系列》。而且歸納出「機器人三大法則」，

一、機器人不得傷害人類，或坐視人類受到傷害。

二、在不違反第一法則的前提，機器人必須服從人類的命令。

三、在不違反第一與第二法則的前提，機器人必須保護自己。

他寫出《機器人系列》，被尊稱爲「現代機器人故事之父」。二戰期間，在海軍實驗室從軍三年。戰後再深造，一九四八年拿到化學博士，留在哥大研究瘧疾。隔年到波士頓醫學院擔任生化講師，堂堂學生爆滿。講課太受歡迎，即使沒有研究成果，也升任教授，得到終身俸。

期間寫出三大系列的《銀河帝國》首部曲，這是他第一本長篇小說，書在「雙日出版社」Doubleday 出版。編輯布雷伯利（Walter Bradbury）是第二個高人，他是科幻出版的造神手，他捧紅跟他同姓的雷．布雷伯利（Ray Bradbury），《華氏451度》的作者。

長篇小說出版，如同棒球員登上大聯盟。他興奮地寫新書，每一個句子都精雕細琢，反覆修改。布雷伯利客氣地問他，知不知道海明威會怎麼寫「第二天太陽升起」The sun rose the next morning？

他想了想，回答說不知道。布雷伯利說海明威寫的就是「第二天太陽升起」！這個當頭棒喝，敲醒艾西莫夫。從此他保持句子簡潔的風格，不再胡思亂想。同時用筆名「法國保羅」Paul French，寫兒童故事《幸運星》Lucky Star系列。

一九五七年十月四日，蘇聯成功發射衛星史普尼克一號，震驚美國。他看到美國媒體如大夢驚醒，決定來寫科普文章來教育大衆。於是放下教書，專心寫作。一路寫了二十年，等於是最好看的科學百科全書。他一生寫超過五百本書，範圍涵蓋圖書所有分類，給書迷回了十萬封信；為影集《星艦迷航記》Star Trek做科學顧問，打造科幻劇的經典。美國兒童能對科學深入理解，並產生巨大想像，都是經過艾西莫夫這道門。

他能有巨大產量，歸功三大習慣，

一，大量閱讀。他寫作的房間都堆滿上千本書。

二，專心寫作。他刻意在旅館租個房間來工作，只有一扇窗戶，打開看不見公園、街道，是一面磚牆。吃東西叫房間服務。早上八點寫到晚上十點，從不接受午餐和晚餐應酬。

三，快速切換。他在房間放六台打字機，每台顏色不一樣，上面要寫的東西也不同。一旦靈感卡住，立刻換到另一台打字機。他經常同時寫五個故事，最多是九個。

那人生的磨刀石是什麼？

三大磨刀石是書本、高人、還有挫折。寧靜的海是練不出傑出水手！如果你還沒有碰到什麼困境，那你的夢想就還沒有下床！

【推薦序】

宏大架構，有趣情節，以及重要啓發——關於「基地系列」

臥斧

一九四一年，美國紐約，年輕作家找雜誌編輯討論一個新點子。

雜誌編輯叫坎貝爾，一九一〇年生，二十出頭時以科幻作品邁入文壇成爲作家，一九三七年成爲《驚奇雜誌》的編輯；作家比編輯年輕十歲，十九歲時發表科幻小說，不到二十歲就拿到大學文憑。因爲投稿的因緣，作家和坎貝爾成爲好友，當時幾乎每週見面。一九四一年八月一日那天，作家告訴坎貝爾，他想寫個短篇小說，以眞實世界裡羅馬帝國衰亡的歷史爲底，講一個正在緩慢頹傾的銀河帝國。坎貝爾很喜歡這個點子，兩人聊了很久，最後作家決定寫一系列短篇，描述銀河帝國逐步崩解及緩慢重建的過程，一個月之後，作家交出第一個短篇。

這個故事名爲〈基地〉，這名作家叫艾西莫夫。

坎貝爾買下這個短篇，隔年在雜誌上發表，陸續交稿的三個短篇，分別在一九四二年及一九四四年刊登。艾西莫夫繼續創作系列故事，除了原先的四個短篇，又添四個中篇，《驚奇雜誌》在一九五〇年將八個故事全數發表完畢，一九五一年，原初的四個短篇集結成冊出版，艾西莫夫增寫了另一個短篇，做爲全書的序章；後續四個中篇則兩兩集結，在一九五二、一九五三年出版。

三部作品，合稱爲「基地三部曲」。

艾西莫夫自承創作靈感來自吉朋的歷史鉅作《羅馬帝國衰亡史》，但「基地三部曲」讀來並無任何沉重遲滯。艾西莫夫的筆法平實流暢，尤其是收錄在首部曲《基地》中的五個短篇，幾乎可用「輕巧」形容。艾西莫夫選擇以短篇形式敘述宏觀歷史，將每個短篇發生的時點定在歷史即將發生劇變的關鍵，一方面簡化長時間裡的時局變遷，一方面聚焦短時間裡的勢力拉鋸，藉以創造情節轉折與劇情張力，技法相當巧妙。

故事能夠如此進行的重要因素，來自「心理史學」這個設定。

心理史學是艾西莫夫虛構的科學，揉合歷史學、社會學、社會心理學、統計學及數學等等學科，從設定裡還能發現艾西莫夫也參考了氣體動力學的部分理論。《基地》的故事由心理史學家謝頓的預言開場，按照心理史學的計算，他指出銀河帝國將在三百年內崩潰，人類會因此進入長達三萬年的黑暗時期；謝頓說服高層，在銀河邊陲行星建立「基地」，供各種專業人士居住並編寫百科全書，保存人類知識。此舉無法避免帝國毀滅，但能將黑暗時期縮短為一千年。

「基地三部曲」以謝頓的預測為主軸發展。

銀河歷史初看一如謝頓所言，轉變的關鍵都以謝頓的預言為基礎變化；時序拉長之後，謝頓的預言似乎也失去精準，但在必要時刻又會發現謝頓明白心理史學的侷限，準備了不只一套應變措施。

「基地三部曲」出版三十年後，艾西莫夫寫了續集。

續集由兩部長篇構成，合稱爲「基地後傳」。在這兩部長篇裡，艾西莫夫將他其他兩個系列作品——「機器人系列」及「銀河帝國三部曲」——的故事線也整合進來，形成他的完整架空宇宙。因此在「基地後傳」中有時會出現其他系列的角色，不過艾西莫夫會適時增補說明，單獨閱讀並無障礙。

又過幾年，艾西莫夫寫了前傳。

前傳由一部長篇、四個短篇構成，分成兩冊出版，合稱爲「基地前傳」。「基地三部曲」中影響最深遠、但戲份非常少的謝頓，在前傳中成爲主角，故事描述他的生平、發展心理史學的過程、預測銀河帝國未來及構思基地的經過，最後收尾在他完成佈局、接到《基地》故事開始的時分。

不計其他系列，以「基地」爲主的七部作品都相當精采。

艾西莫夫寫作不賣弄花巧，讀來愉快，故事裡的科技想像現今看來自然不很實際——事實上，八〇年代之後與網際網路相關的科技發展，已經大幅顛覆了七〇年代之前大多數科幻作品的描述——但艾西莫夫對於人類社會轉變的觀察，對歷史的看法，對商業、宗教、軍事及政治制度等等交互影響的解讀，以及對人性的刻劃，仍然準確有力。閱讀「基地系列」，不只讀到有趣的科幻情節，也是思考歷史、社會，以及人類的重要啓發。

【導讀】

不朽的科幻史詩：基地三部曲

葉李華

銀河帝國已有一萬二千年悠久歷史，如今一位數學家卻作出驚人預言：帝國即將土崩瓦解，整個銀河注定化作一片廢墟，黑暗時期將會持續整整三萬年！

＊　＊　＊

著作逾身的艾西莫夫無所不寫，但不論他自己或全世界的忠實讀者，衷心摯愛的仍是他的科幻小說。在他的眾多科幻著作中，「機器人」與「基地」是最有名的兩大系列。其中「機器人」系列是從短篇故事起家，逐漸演化成一部機器人未來史，包括四個長篇與三十幾個短篇；「基地」系列則是先有一個龐大的架構，然後開始逐步經營——但想必連艾西莫夫也未曾想到，這部科幻史詩能夠經營半個世紀（1941-1992）。

艾西莫夫一生總共寫了七大冊的基地故事，其中流傳最廣、影響最深遠的，當然是核心部分的「基地三部曲」：《基地》、《基地與帝國》以及《第二基地》。不過艾西莫夫生前常常偷笑，說當初雖有明確的故事架構，卻並未刻意寫成什麼三部曲，而是以連載方式一篇篇發表在科幻雜誌上。直到一九五〇年代正式出書，三部曲的架構才首度出現。

爲了研究艾西莫夫創作基地系列的來龍去脈，讓我們試著回歸當初的架構，把三部曲重新拆解成原來的中短篇。

《基地》第一篇：心理史學家（出書時補寫）
《基地》第二篇：百科全書編者（短篇，連載第一篇）
《基地》第三篇：市長（短篇，連載第二篇）
《基地》第四篇：行商（短篇，連載第三篇）
《基地》第五篇：商業王侯（短篇，連載第四篇）
《基地與帝國》第一篇：將軍（中篇，連載第五篇）
《基地與帝國》第二篇：騾（中篇，連載第六篇）
《第二基地》第一篇：騾的尋找（中篇，連載第七篇）
《第二基地》第二篇：基地的尋找（中篇，連載第八篇）

＊　＊　＊

許多人都知道基地系列的靈感來自《羅馬帝國衰亡史》（The Decline and Fall of the Roman Empire），不過其中一段頗爲傳奇的因緣卻鮮爲人知。引用艾西莫夫自傳中的文字，故事是這樣的：

一九四一年八月一日，下課後，我搭地鐵去坎柏（John Campbell, 1910-1971）的辦公室找他。一路上我絞盡腦汁，想要擠出一個新點子。屢試不成之後，我決定使出自己常用的招數：隨意打開一本書，第一眼看到什麼，就用什麼做自由聯想。

當天我帶著一本吉伯特與蘇利文（Gilbert and Sullivan）的歌舞劇選集，隨手便翻到《艾俄蘭斯》（Iolanthe）中仙后跪在哨兵威利斯面前的一張劇照。我從哨兵聯想到戰士，再聯想到軍事帝國，再聯想到羅馬帝國——然後再聯想到銀河帝國。哈，有了！

……我何不寫個銀河帝國盛極而衰、回歸封建的故事，而且是從第二銀河帝國承平期的觀點出發？我想我知道該怎麼寫，因爲我仔細讀過吉朋（Edward Gibbon, 1737-1794）的《羅馬帝國衰亡史》，至少從頭到尾讀過兩遍，只要把它改頭換面就行了。

我帶著具有感染力的熱情、志得意滿地走進坎柏的辦公室。或許熱情眞能傳染，因爲坎柏顯露出前所未有的激動。

「對短篇故事來說，這個主題太大了。」他說。

「我是想寫個中篇。」我一面說，一面調整自己的構想。

「中篇一樣不夠。必須是一系列的故事，每集都是開放式結局。」

「什麼？」我心虛地問。

「短篇、中篇、系列故事，通通放在一個特定的未來史框架中，包括第一銀河帝國的衰亡、隨之而來的封建時期，以及第二帝國的興起。」

「什麼？」我更心虛地問。

「沒錯，我要你寫出這個未來史的大綱。回家去，把大綱寫出來。」

——《記憶猶新》（In Memory Yet Green）原文版311頁

＊　＊　＊

「心理史學」是這個三部曲的中心科幻因素，而貫穿其間最重要的一個人物，自然就是心理史學宗師、基地之父哈里．謝頓。最有趣的是，「基地系列」的故事是從謝頓死後五十年講起（〈百科全書編者〉），也就是說眞正的主角竟然是個死人——這正是科幻小說的趣味所在，不受任何形式的束縛。不過在出書的時候，爲了交代前因後果，艾西莫夫又補寫了一篇〈心理史學家〉，讓八十高齡的謝頓現身說法。而在生命中最後五年，艾西莫夫再度眷顧這個傳奇角色，用兩本「前傳」詳盡刻劃謝頓的一生，以及心理史學與基地的創建過程。

耐人尋味的是，艾西莫夫晚年似乎愈來愈認同這個筆下人物，而他也的確與謝頓一樣，對人類文明有著高瞻遠矚、悲天憫人的關懷。「生年不滿百，常懷千歲憂」正是大師胸懷的最佳寫照。

博學多聞、博覽群書的艾西莫夫從不閉門造車，筆下的科學幻想多少都有所本。例如「心理史學」便是「氣體運動論」（物理學）、「群衆心理學」（心理學）、「歷史決定論」與「群體動力論」（歷史學）的綜合體；而刺激基地不斷成長茁壯的「謝頓危機」，則取材自歷史哲學家湯恩比（Arnold Toynbee, 1889-1975）首創的「挑戰與回應」理論。

由於影響人類行爲的因素過於複雜，人類又具有自由意志，因此個人行爲絕對不可能預測。然而當眾多個體集合成群時，卻又會顯現出某些規律，正如同在巨觀尺度下，氣體必定遵循統計方法所導出的定律。艾西莫夫將這些事實推而廣之，藉著筆下不世出的天才謝頓，讓心理史學發展到出神入化之境，成爲一門探索未來世界巨觀動向的深奧科學。

透過心理史學的靈視，謝頓預見了人類悲慘的未來：國勢如日中天的銀河帝國正一步步走向滅亡，整個銀河將要經歷三萬年蠻荒、悲慘的無政府狀態，另一個大一統的「第二帝國」才會出現。倘若上述發展絲毫無法改變，既然一切皆已注定，也就沒什麼戲劇性可言。故事之所以引人入勝，在於謝頓進一步發現：雖然阻止帝國崩潰爲時已晚，若想縮短這段漫長的過渡期，在當時卻尚有可爲。於是謝頓開始了力挽狂瀾、扭轉乾坤的努力，試圖將三萬年的動盪歲月縮減爲一千年。爲了達到這個目的，他窮後半生的精力，設立了兩個科學據點：第一基地（簡稱『基地』，由自然科學家組成）與第二基地（隱身在銀河舞台幕後，由心靈科學家與心理史學家組成）。

兩個基地的位置經過特別計算，分別設在「銀河中兩個遙相對峙的端點」（光是這句語帶玄機的話，便衍生出《第二基地》這本書）。此後一千年間，許多預設的歷史事件將一環扣一環發生，以促使一個更強大、更穩固、更良善的第二帝國早日實現。

基地三部曲的主線，便是第一基地如何克服一個接一個的週期性危機，激發出無窮無盡的潛力；第二基地又如何暗中相助，以逐步實現爲期千年的謝頓計畫。謝頓本人則雖死猶生，仍然藉由類似錦囊妙計的全像錄影，不時指導著未來數十世代的子民。

不過「奇正相生」正是大師的拿手好戲，在既定的情節中，他總是有辦法再寫出變奏，令讀者忍不住感嘆人算不如天算。三部曲的變奏之一，是無端出現一個具有強大精神力量的異種人「騾」，以迅雷不及掩耳的速度席捲整個銀河；變奏之二，則是在「騾亂」成為歷史之後，兩個基地竟然發生鬩牆之戰！

三部曲結束於第二變奏告一段落之處，留下一個開放式結局。三十年後，在全世界科幻迷千呼萬喚之下，艾西莫夫重拾基地系列，所寫的續集便是第三變奏。這一「變」更是令人拍案叫絕，甚至連謝頓計畫都為之顛覆！也唯有經由這最後變奏，「基地」與「機器人」才得以遙相呼應，兩大系列方能融鑄成一體，化為一部俯仰兩萬載、縱橫十萬光年的銀河未來史。

【目錄】

「基地系列」時空背景與故事年表

葉李華整理

科幻設定

1. 故事距今約二萬年，人類後裔早已移民銀河系各角落。然而除了人類，從未發現任何其他智慧生物。（在《永恆的終結 The End of Eternity》這本書中，艾西莫夫對此有詳細解釋。）
2. 銀河系已有二千五百萬顆住人行星，總人口數介於千兆與萬兆之間。
3. 整個銀河系皆在「銀河帝國」統治下，已長達一萬二千年之久。
4. 帝國的首都行星「川陀」位於銀河中心附近，是最接近「銀河中心黑洞」的住人行星。

科學事實

1. 銀河系的形狀：外形類似凸透鏡，但由內而外伸出數條螺旋狀的「旋臂」。
2. 銀河系的大小：直徑約十萬光年，或約三萬秒差距（一秒差距＝三．二六光年）。
3. 銀河系的規模：至少有二千億顆恆星，行星數目不詳。
4. 銀河中心的巨型黑洞：質量超過二百五十萬個太陽。

「基地系列」故事年表（銀紀：銀河紀元，基紀：基地紀元）

葉李華整理

銀紀一二○二○年	前傳《基地前奏》全書
銀紀一二○二八年	前傳《基地締造者》第一篇：伊圖·丹莫刺爾
銀紀一二○三八年	前傳《基地締造者》第二篇：克里昂一世
銀紀一二○四八年	前傳《基地締造者》第三篇：鐸絲·凡納比里
銀紀一二○五八年	前傳《基地締造者》第四篇：婉達·謝頓
銀紀一二○六七年	三部曲《基地》第一篇：心理史學家
銀紀一二○六九年（即基紀元年）	前傳《基地締造者》第五篇：尾聲
基紀四九—五○年	三部曲《基地》第二篇：百科全書編者
基紀七九—八○年	三部曲《基地》第三篇：市長
基紀一三四年	三部曲《基地》第四篇：行商
基紀一五四—一六○年	三部曲《基地》第五篇：商業王侯
基紀一九五—一九六年	三部曲《基地與帝國》第一篇：將軍
基紀三一○—三一一年	三部曲《基地與帝國》第二篇：騾
基紀三一六年	三部曲《第二基地》第一篇：騾的尋找
基紀三七六—三七七年	三部曲《第二基地》第二篇：基地的尋找
基紀四九八年	後傳《基地邊緣》全書
基紀四九八年	後傳《基地與地球》全書

主要參考資料：http://www.asimovonline.com/oldsite/insane_list.html

楔子

「第一銀河帝國」已有上萬年的歷史，銀河系每顆行星皆臣服於其中央集權統治之下。帝國的政體時而專制，時而開明，卻總是井然有序。久而久之，人類便忘卻了還有其他可能存在。

只有哈里·謝頓例外。

哈里·謝頓是「第一帝國」最後一位偉大的科學家，正是他，將心理史學發展到登峰造極之境。這門學問堪稱社會科學的精華，能將人類行爲化約成數學方程式。

個人的行爲當然無法預測，可是謝頓發現，人類群體的反應卻能以統計方法處理。人數愈多，其精確度也就愈高。謝頓的研究對象乃是銀河系所有的人類，而在他那個時代，銀河總人口數達到千兆之衆。

在鑽研心理史學的過程中，謝頓發現一個驚人的事實：表面上強盛無比的帝國，實際上已病入膏肓，注定將崩潰衰亡。這個預言與當時所有的常識，以及一般人的信念都恰恰相反。謝頓預見（或者應該說，他解出了自己的方程式，再解釋其中的象徵性意義），假如放任情況自行發展，銀河系將歷經三萬年悲慘的無政府時期，才會再出現另一個大一統的政府。

於是，他開始了力挽狂瀾、扭轉乾坤的努力，試圖縮短前述的無政府狀態，讓和平與文明在一千年之後重現。爲了達到這個目的，他謹愼地設立了兩個科學家的根據地，並命名爲「基地」，而且故意設在「銀河中兩個遙相對峙的端點」。其中一個「基地」的一切完全公開，至於另外那個

「第二基地」，則幾乎沒有留下任何記錄。

「第一基地」最初三個世紀的歷史，在《基地》、《基地與帝國》兩本書中已有詳盡敘述。起初，它只是由百科全書編者構成的小型社群，在銀河外緣虛無的太空中漸漸被人遺忘。週期性的危機一個接一個衝擊這個「基地」，每個危機都蘊涵著當時人類集體行爲的各種變數。它的行動自由被限制在一條特定的軌跡上，只要沿著這條軌跡不斷前進，就必定會柳暗花明，進而得以開創新局。這一切，都是早已作古的哈里．謝頓一手策劃的。

「第一基地」憑藉優越的科技成就，首先征服了周圍數顆落後的行星。然後，它又面臨從垂死的帝國脫離、割地稱雄的大小軍閥，並將他們一一擊敗。接著，它又與帝國的殘軀發生正面衝突，結果戰勝了帝國最後一名強勢皇帝，以及最後一員猛將。

「第一基地」遇到的下一個對手，卻是哈里．謝頓也無法預見的人物；他是個突變異種，天生擁有強大無匹的精神力量。這位自稱「騾」的異人能夠隨意改變人類的情感，進而重塑他人的心靈。他能將最強硬的死敵改造成最忠誠的僕人，任何的軍隊都不能也不會與他爲敵。「第一基地」終於難逃陷落的命運，而謝頓計畫眼看就要走入歷史。

然而，「第二基地」依舊行蹤成謎，因此成爲衆矢之的。騾必須設法將它剷除，才能完成征服銀河的壯舉。「第一基地」的遺民爲了另一個完全不同的理由，也一定得把它找出來。但是它究竟在哪裡？誰也不知道。

本書所敘述的，正是各方人馬尋找「第二基地」的傳奇事蹟！

第一篇：騾的尋找

騾：……直到第一基地淪陷，騾政權的建設性才終於顯現。在第一銀河帝國全盤瓦解後，他是歷史上第一位擁有統一版圖、疆域直逼眞正帝國的統治者。早先由基地所建立的商業帝國，雖有心理史學的預言作爲無形的後盾，結構卻過於鬆散與異質。相較之下，騾的「行星聯盟」則是一個控制嚴密的政體，尤其是在所謂的「尋找時期」……

——《銀河百科全書》*

*本書所引用的《銀河百科全書》資料，皆取自基地紀元一〇二〇年的第一一六版。發行者爲「端點星銀河百科全書出版公司」，作者承蒙發行者授權引用。

1 二人與騾

關於騾以及他的「帝國」，《銀河百科全書》其實用了許多篇幅詳加敘述，不過幾乎都和這個故事沒有密切關係，而且大多相當枯燥無味。簡單地說，它主要是在闡述導致「聯盟第一公民」崛起的各種背景條件，以及其後的各種影響——「聯盟第一公民」是騾的正式頭銜。

騾在短短五年間赤手空拳打下大片江山這個事實，若說使得百科全書中「騾」這一條的作者感到某種程度的訝異，那麼他把這個情緒隱藏得很好。而騾的擴張後來戛然而止，進入為期五年的「守成期」，作者也並未在字裡行間顯露任何驚訝。

因此，我們只好捨棄《銀河百科全書》，繼續沿用我們說故事的老路子，開始審視第一與第二銀河帝國之間的「大斷層」歷史中，緊接著五年「守成期」之後的發展。

「聯盟」的政治相當穩定，經濟也算是繁榮富庶。在騾的專制統治下，居然出現罕有的太平歲月，幾乎沒有人願意回到過去那種動盪不安的時代。在那些五年前自稱為「基地體系」的世界中，也許偶爾會有些懷舊與惋惜的情緒，卻也僅只於此。基地體系的領導階層，沒有利用價值的皆已不在人世，尚有利用價值的則已一律「回轉」。

而在「回轉」人士當中，最受重用的便是漢．普利吉，他現在已經是一名中將。

在基地時代，漢．普利吉是情報局的上尉軍官，也是地下民主反動派的成員。基地不戰而降之後，普利吉曾經與騾誓不兩立，直到成為一名「回轉者」為止。

漢．普利吉的「回轉」並非普通的見風轉舵，這點他完全心知肚明。他之所以會有一百八十度的轉變，乃是由於騾是具有強大精神力量的突變種，能夠隨意改變其他人的心志。但是普利吉對這點非常滿意，認爲這是理所當然的。事實上，對「回轉」的狀況心滿意足，正是「回轉」的主要徵狀。不過對於這個問題，漢·普利吉已不再有半點好奇心。

他剛結束第五次的遠征，從「聯盟」境外的銀河星空歸來。這位經驗豐富的太空人兼情報員，對於即將覲見「第一公民」這件事，感到實在沒有什麼意思。不過，他那張似乎由毫無紋理的木材刻成的、彷彿永遠無法露出笑容的嚴肅臉孔，卻一點未曾表露這種情緒——可是，任何表情都是沒有必要的。因爲騾能透視內心的情感，一直鑽到心靈最細微的角落，就像普通人善於察言觀色一樣。

普利吉依照規定，將他的飛車停在當年總督所用的車庫中，自己徒步走進官邸廣場。他沿著畫有箭頭的路徑走了一哩，一路上空無一人且靜寂無聲。普利吉知道，在佔地數平方哩的官邸廣場上，沒有一名警衛或士兵，也沒有任何武裝人員。

騾不需要任何人保護。

騾本人，就是自己最佳的、全能的守護神。

當官邸聳立在眼前時，普利吉仍然只聽得見自己輕巧的腳步聲。這座建築物的外牆由堅固的金屬製成，發出輝煌耀眼的閃光。其中的拱門設計得大膽而誇張，充分表現出昔日帝國的建築風格。這座官邸傲然聳立在空曠的廣場上，俯視著地平線上擁擠的城市。

官邸裡面住的就是那個人——只有他自己一個人。一個新的貴族政體，以及「聯盟」的整個架構，全部建立在他超人的精神異稟上。

隨著這位將軍的腳步，巨大、光滑而沉重的外門緩緩打開。他走了進去，步上一個寬廣的坡道，滑梯便載著他無聲無息地迅速上升。他來到了官邸中最燦爛的尖塔，置身於一扇樸素的小門之前，這扇門後面就是騾的房間。

門打開了……

拜爾．程尼斯很年輕，而拜爾．程尼斯並非一名「回轉者」。換成比較普通的說法，就是他的情感結構並未被騾動過手腳。他的七情六慾與意志，仍舊由先天的素質與後天的環境完全決定。對這一點，他自己也感到很滿意。

他還不到三十歲，卻已經在這個首都非常有名。他生得英俊，頭腦又精明——因此在社會上十分吃得開。而且他聰明伶俐，又不失沉著冷靜——所以在騾身旁也很得寵。對這兩方面的成就，他自己當然極為驕傲。

今天，騾竟然私下召見他，這還是破天荒的頭一遭。

他徒步走在閃閃發亮的路徑上，一路向「發泡鋁」尖塔叢的方向前進。在帝國時代，那裡曾是卡爾根總督的官邸，他們奉皇帝的名義統治著卡爾根。後來，那裡又成為獨立統領的官邸，他們以本身的名義統治著卡爾根。如今，「聯盟第一公民」以這裡作為根據地，統治著自己一手建立的帝國。

程尼斯隨口輕哼著小調。對於這次的召見，他一點不覺得納悶。自然是關於第二基地！那個無所不在的幽靈，騾只是因為對它有所顧忌，便毅然中止了無止境的擴張政策，改採安穩的靜態路線。根據官方的說法，則是進入所謂的「守成期」。

目前外面流傳著好些謠言——這種事誰也制止不了。騾準備再度發動攻勢；騾發現了第二基地的下落，很快就會展開攻擊：騾與第二基地達成了協定，雙方同意瓜分銀河系；騾終於確定第二基地並不存在，即將把整個銀河納入勢力範圍……

這類隨時能在大街小巷聽到的謠言，不值得在此一一列舉。這些謠言甚至不是第一次出籠，只不過如今似乎比較具體。對於那些不安於穩定呆滯的太平歲月，而希望在戰爭、軍事冒險、政治危機中大撈一票的投機份子而言，這實在是值得高興的事。

拜爾·程尼斯就是其中之一。他並不懼怕神祕的第二基地。話說回來，他甚至對騾也無所畏懼，還常常因此沾沾自喜。有些人對他的年少得志看不順眼，認為他只是個輕浮的花花公子，稍微有那麼一點小聰明，竟然就敢公然嘲諷騾的外貌，以及他的隱居式生活——他們或許都在暗中等待他受到報應。沒有人膽敢附和程尼斯，也沒有幾個人敢發笑。可是程尼斯卻始終安然無事，聲譽反倒因此愈來愈高。

程尼斯順著自己哼的小調，唱了幾句即興的歌詞。他的歌詞反覆而單調，沒有什麼意義：「第二基地，威脅我們的國家，威脅著宇宙萬物。」

他到了官邸之前。

隨著他的腳步，巨大、光滑而沉重的外門緩緩打開。他走了進去，步上一個寬廣的坡道，滑梯便載著他無聲無息地迅速上升。他來到了官邸中最燦爛的尖塔，置身於一扇樸素的小門之前，這扇門後面就是騾的房間。

門打開了……

騾沒有任何其他名字，他的頭銜也只有「第一公民」而已。他正透過單向透光的牆壁向外望去，眺望著地平線上燈火通明的大都會。

在漸漸黯淡的薄暮中，星辰一顆顆綻現，每一顆星皆臣服於他腳下。

想到這裡，他微微一笑，笑容中帶著一絲悲痛。世人所效忠的對象，竟然是個深居簡出的人物。

他其貌不揚——乍看之下令人忍俊不禁。體重僅有一百二十磅，身高卻有五呎八吋。他的四肢骨瘦如柴，好像是隨便掛在皮包骨的身軀上。而他瘦削的臉龐，則幾乎被三吋高的大鼻子全部遮掩。

唯獨他的雙眼，與滑稽的外表極不相稱。那雙眼睛是如此溫柔——對銀河系最偉大的征服者而言，那實在是一種奇異的溫柔——而其中的哀傷，也從來未曾完全消退。

此地是一個繁華世界的繁華首府，其間充滿各種的歡樂。他曾經考慮過定都於基地，那是他所征服的最強大的對手，可是它遠在銀河的最外緣。卡爾根的位置則較爲適中，而且擁有貴族政體的悠久傳統，就戰略觀點而言，對他也比較有利。

然而此地傳統的歡樂氣氛，再加上空前的繁華，並不能讓他的心境平靜。

人們敬畏他，服從他，甚至也許還尊敬他——敬而遠之。可是，誰看到他能不產生輕蔑的情緒呢？當然只有那些「回轉者」。他們的人造忠誠又有什麼價值呢？簡直是太乏味了。他大可替自己加上許多封號，發明各種繁複的禮數，但是那樣做也無法改變任何事實。最好——或者至少是「不妨」——就當一個「第一公民」，並將自己隱藏起來吧。

他心中突然湧現一股報復的念頭——既強烈又殘酷。銀河系不准有任何一處反抗他。五年來，他藏身於卡爾根，一直按兵不動，就是因爲顧忌那個虛無飄渺的第二基地，顧忌它無止無盡又無所不在的神祕威脅。如今他才三十四歲，年紀並不算大——他卻感覺自己老了。雖然具有突變的強大精神力量，他的肉體卻孱弱不堪。

每一顆星辰！每一顆目力所及，以及每一顆不可見的星辰，都要爲他所有！

他要報復所有的人，因爲他並不屬於人類。他要報復整個銀河系，因爲銀河系容不下他。

頭上的警告燈突然輕輕閃起。他知道有人走進官邸，並能感知那人的行徑。同時，在寂寞的暮色中，他突變的感應力似乎變得更強烈、更敏銳，他感覺到那人的情感起伏正敲擊著自己的大腦。

他毫不費力就知曉了來者的身分，那是普利吉。

昔日效忠基地的普利吉上尉；從未受過那個腐敗政府重用的普利吉上尉；曾經只是一名小小間諜的普利吉上尉。而他剷除基地後，開始大力拔擢普利吉，先授他以一級上校的軍階，進而晉升他爲一名將軍。普利吉將軍的活動範圍，如今已涵蓋整個銀河系。

這位普利吉將軍曾經是最頑強的叛逆，現在卻百分之百忠心耿耿。然而，他的忠誠並非因爲得到任何利益，並非出於感激之情，也並非由於什麼交換條件——他的忠誠純粹是「回轉」造成的結果。

對於漢．普利吉強固不變的表層意識，「忠誠」與「敬愛」，騾可以清楚地感覺到。這層意識是他五年前親自植入的，控制著普利吉情感中每一道小小的波紋。在這個表層之下，還深深埋藏著一個原本的自我——個性頑固、目無法紀、理想主義。不過即使是騾自己，現在也幾乎覺察不到了。

身後的門打開了，於是他轉過身來。原本透光的牆壁立時變成不透明，紫色的暮光隨即消失，由室內核燈泡的白熾光芒所取代。

漢・普利吉在指定的座位坐下。由於這是私下召見，他並未對騾鞠躬或下跪，也沒有使用任何敬稱。騾僅僅是「第一公民」，只需要稱呼他「閣下」即可。任何人在他面前都可以坐下來，即使背對著他也無妨，只要你有這個膽量。

在漢・普利吉看來，這些都是騾對自身力量充滿自信的明證，他對這點由衷地感到滿意。

騾開口道：「我昨天收到了你的報告。普利吉，我不諱言令我有些失望。」

將軍的一對眉毛湊到了一塊。「是的，我也想到了——但我實在無法得到別的結論。閣下，第二基地真的不存在。」

騾沉思了一會兒，然後緩緩搖了搖頭，這是他的習慣性動作。「可是艾布林・米斯發現過證據，我們不能忘記艾布林・米斯的證據。」

這是個老掉牙的故事了。普利吉毫不修飾，單刀直入地說：「米斯或許是基地最偉大的心理學家，可是和哈里・謝頓相比，他只算一個嬰兒。他當初研究謝頓計畫，是在您的精神控制和刺激下進行的。也許您逼得他太緊，而他可能做出了錯誤的結論。閣下，他一定是弄錯了。」

騾嘆了一口氣，細瘦的脖子上伸出一張哀傷的臉龐。「假使他能多活一分鐘就好了，他當時正要說出第二基地的下落。我告訴你，他真的知道。我根本不必隱遁，根本不必一等再等。如今浪費了那麼多時間，五年就這麼白白溜走了。」

對於主子如此軟弱的渴盼，普利吉無法產生任何反感，受控的心靈不允許他這麼想。反之，他感到有些憂慮不安，因此他說：「閣下，可是除此之外，還能有什麼其他的解釋呢？我進行了五次探索，每次都是由您親自選定路線，我保證把每顆小行星都翻遍了。那是三百年前的事——據說舊帝國的哈里・謝頓建立了兩個基地，作為新帝國的核心，以取代那個垂死的帝國。謝頓死後一百年，第一基地——我們都極為熟悉的那個基地——已經在銀河外緣變得家喻戶曉。謝頓死後一百五十年——基地和舊帝國進行最後一戰的時候——它的名聲就傳遍了整個銀河系。如今已過了三百年，謎一般的第二基地究竟在哪裡？它在銀河中沒有製造過一個小漩渦。」

「艾布林．米斯說它隱藏得很好。唯有如此，它才能夠掩飾弱點，發揮敵明我暗的力量。」

「除非它不存在，否則不可能隱藏得那麼徹底。」

騾抬起頭來，一雙大眼睛射出銳利而機警的目光。「不對，它的確存在。」一根瘦骨嶙峋的手指猛然指向對方，「我們的戰略需要做一點點改變。」

普利吉皺起眉頭。「您計畫親自出馬？我可不敢苟同。」

「不，當然不是。你必須再去一次——最後一次。但這次要和另一個人聯合指揮。」

一陣沉默之後，普利吉以生硬的聲音問：「閣下，是誰？」

「卡爾根本地的一個年輕人，拜爾．程尼斯。」

「閣下，我從來沒聽過這個人。」

「沒錯，我也這樣想。不過他的心思靈敏，野心也不小——而且他還未曾『回轉』。」

普利吉的長下巴抽動了一下。「我看不出這樣做有什麼好處。」

「普利吉，有好處的。雖然你機智過人，經驗豐富，並且對我忠心耿耿，不過你是一名『回轉者』。你對我的忠誠是強制性的，自己根本作不了主。你在喪失原有情感的同時，還喪失了一點東西，一種微妙的自我驅策，而這是我無法彌補的。」

「閣下，我並沒有這種感覺。」普利吉繃著臉說：「我仍然清清楚楚記得與您為敵的那段日子。我認為自己絕不比當年差。」

「當然不差。」騾的嘴角撇出一個微笑，「對於這個問題，你的判斷很難客觀。那個程尼斯，嗯，他野心勃勃——卻是爲自己著想。他百分之百可靠——因爲他只忠於自己。他明白唯有依附我，自己才能水漲船高。爲了增強我的力量，他會不惜任何代價，做出任何事情，這樣他便能分享絕大的甜頭。他如果跟你一塊去，會比你多帶著一股驅策的力量——出於自私的驅策。」

「那麼，」普利吉仍然堅決反對，「既然您認爲『回轉』會造成障礙，何不解除我的『回轉』。現在，您絕對可以信得過我。」

「普利吉，萬萬不可。當你在我面前，或者說，在武器射程內，你必須牢牢維持『回轉』的狀態。倘若我解除對你的控制，下一分鐘我就是個死人。」

將軍的鼻孔翕張。「您這麼想令我很難過。」

「我並沒有想傷害你。但是，假使你的情感能夠循著自然的動機自由發展，你無法想像會造成什麼狀況。人人都痛恨受到控制，正是因爲如此，普通催眠師絕對無法將非志願者催眠。而我卻做得到，因爲我並不是催眠師。相信我，普利吉，你無法顯露——甚至無從察覺的恨意——是我無論如何不願面對的。」

普利吉低下頭。莫名的無力感撲天蓋地而來，令他內心感到沉重而灰暗。他勉強開口道：「可是您又如何能相信那個人？我的意思是，完全信任他，就好像信任我這個『回轉者』。」

「嗯，我想我不能完全信任他。這就是你必須跟他同行的原因。普利吉，想想看，」騾將自己埋在高大的扶手椅中，上身靠著柔軟的椅背，看來好像一根會動的牙籤。「假如眞的讓他找到第二基地——萬一他竟然想到，和他們打交道也許更有利可圖——你瞭解了嗎？」

普利吉的雙眼流露出極度滿意的光采。「閣下，這樣好多了。」

「這就對了。不過你要記住，必須盡量給他行動自由。」

「那當然。」

「普利吉……嗯……此外，那個年輕人外表英俊，性情隨和，非常討人喜歡。你可別讓他唬住了。他其實是個既危險又無情的角色。除非已有萬全準備，你不要隨便和他作對。我說完了。」

於是騾又變得孤獨一人。他關掉燈光，面前的牆壁便恢復透明。現在的天空是一片紫色，城市則成了地平線上的一團光點。

這一切有什麼意義？他果眞成爲萬物的主宰又如何？那就能使普利吉這種人不再高大強壯、充滿自信嗎？就能令拜爾．程尼斯變得醜陋不堪嗎？又能讓自己完全改頭換面嗎？

他詛咒著這些疑惑。可是，自己究竟在追求什麼呢？

頭上的警告燈突然輕輕閃起。他知道有人走進官邸，並能感知那人的行徑。同時，雖然不太想那麼做，他還是感覺到那人輕微的情感起伏敲擊著自己的大腦。

他毫不費力就知曉了來者的身分，那是程尼斯。在程尼斯心中，騾察覺不出整齊劃一的情緒，那裡只有一個頑強心靈中的原始複雜性格，自幼受到宇宙間雜亂無章的萬事萬物影響，從來沒有好好塑造過。他的心思如巨浪般洶湧澎湃，表層浮著謹愼小心的念頭，不過那卻十分薄弱，暗處的漩渦竟然還藏著刻薄下流的言語。更深的層次洶湧著自私自利的洪流，還有殘酷的想法在四處迸濺。而最底下那一層，則是由野心構築成的無底洞。

騾覺得自己能阻住這些情緒，也能夠扭轉這些情感之流，或是將它們抽乾，然後引進新的奔流。但是，這樣做有什麼用處？即使他能讓程尼斯滿頭鬈髮的腦袋充滿由衷的崇敬，難道就能改變自己醜怪的外貌，而讓自己不再詛咒白晝，不再熱愛黑夜，不再隱遁於自己的帝國之中一個幽暗的角落？

身後的門打開了，於是他轉過身來。原本透光的牆壁立時變成不透明，紫色的暮光隨即消失，由室內核燈泡的白熾光芒所取代。

拜爾．程尼斯輕快地坐下來，開口道：「閣下，這份榮幸對我而言不算太意外。」

驟伸出四根手指摸了摸自己的長鼻子，用不太高興的語氣反問：「年輕人，爲什麼？」

「我想，是一種預感吧。否則我就得承認，我也聽說過那些謠言。」

「謠言？謠言有數十個不同的版本，你指的是哪一個？」

「就是即將重新展開泛銀河攻勢的那個謠言。我倒希望這是眞的，那麼我也許就能扮演一個適當的角色。」

「這麼說，你也認爲第二基地的確存在？」

「有何不可？這就能讓一切變得有趣多了。」

「你還發現這是一件有趣的事？」

「當然，因爲它神祕無比！想要訓練自己的想像力，還有比這更好的題目嗎？最近報紙的增刊中，全都是這方面的文章——這就耐人尋味。《宇宙報》的一位專欄作家，寫了一篇古怪的文章，描述一個純粹由心靈主宰的世界——您瞧，就是第二基地——那裡的人發展出來的精神力量，足以和任何已知的物理科學匹敵。能在幾光年外擊毀敵方的星艦，還能把行星驅離原有的軌道……」

「沒錯，的確很有意思。不過對於這個問題，你自己有沒有什麼看法？你同意那種心靈力量的說法嗎？」

「銀河在上，我可不信！您想想看，假如眞有那種超人，他們怎麼可能窩在自己的行星上？閣下，不可能的。我認爲第二基地會隱藏起來，是因爲它不如我們想像中那樣強大。」

「這樣的話，我就非常容易向你解釋自己的想法。你願不願意率領一支探險隊，前去尋找第二基地？」

一時之間，這個突如其來的狀況似乎令程尼斯有些不知所措，整個發展比他預料中的還要快一拍。他的舌頭顯然僵住了，久久說不出話來。

騾冷冰冰地說：「怎麼樣？」

程尼斯的額頭皺成了數折。「當然好。可是我要到哪裡去找呢？您有沒有任何情報？」

「普利吉將軍會跟你一起去……」

「那麼，就不是由我帶隊了？」

「等我說完你再自行判斷。聽好，你並不是基地人，而是卡爾根土生土長的，對不對？好，那麼，你對謝頓計畫的瞭解可能很模糊。當第一銀河帝國開始衰落時，哈里・謝頓和一群心理史學家，利用某些數學工具分析歷史的未來發展——在如今這個退化的時代，那些數學早已失傳——並且設立了兩個基地，分別置於銀河的兩個端點。隨著經濟和社會背景的逐漸演化，這兩個基地就會成爲第二帝國的種子。哈里・謝頓預計以一千年的時間完成這個計畫——倘若沒有這兩個基地，則需要三萬年之久。然而，我卻不在他的算計之中。我是一個突變種，而心理史學只能處理群衆的平均反應，所以無法預測我的出現。你瞭解嗎？」

「閣下，我完全瞭解。可是這些跟我又有什麼關係呢？」

「你馬上就會知道了。我打算現在就統一整個銀河系——提前七百年完成謝頓的千年大計。在我的統治下，第一基地——那個物理科學家的世界——如今興盛依舊。以『聯盟』的繁榮和安定作爲後盾，他們發展的核武足以橫掃銀河——或許只有第二基地例外。所以，我必須對它多做些瞭解。普利吉將軍堅決相信它並不存在，我卻知道事實並非如此。」

程尼斯以謹慎的口吻問道：「閣下，您又是如何知道的？」

驟的言語突然充滿明顯的憤怒。「因爲在我控制下的許多心靈，如今都受到外力干擾。做得很細微！很精妙！可是我仍舊察覺到了。這種干擾現象不斷增加，常常在緊要關頭發生在重要人物身上。因此這些年來，我必須小心謹慎，不敢輕舉妄動，現在你知道原因了嗎？

「這就是你得天獨厚的優點。普利吉將軍已是我最得力的手下，所以他的處境岌岌可危。當然，他自己並不知道這一點。然而，你不是一名『回轉者』，因此不易被發現你在爲我效命。比起我的任何部下，你能將第二基地瞞騙得更久——也許剛好足夠久。你瞭解嗎？」

「嗯——嗯，有道理。但是，閣下，請允許我問您一個問題。我想知道，您那些手下究竟是如何被干擾的。這樣一來，若是普利吉將軍發生什麼變化，我也許就能察覺到。他們是否不再『回轉』了？是否對您不再忠誠？」

「不，我說過干擾極爲精妙，比你想像中還要麻煩。由於那種變化難以識破，有時我在採取行動之前，必須靜觀其變，因爲不能確定某個重要人物身上的變化，究竟是干擾的結果，或者只是普通的反常現象。他們的忠誠並沒有改變，可是進取心和智力卻大打折扣。表面上一個個完全正常，其實全部成了廢物。過去一年間，就有六個人發生這種變化，六個我最得力的手下。」他一邊的嘴角微微上揚，「他們現在被派去管理訓練中心——我衷心希望，不會發生任何需要他們決斷的緊急狀況。」

「閣下，萬一……萬一不是第二基地幹的。倘若是另外一個，像您自己這樣的，另一個突變種？」

「對方的計畫實在太謹慎，也太深謀遠慮。倘若只有一個人，一定不會這麼沉得住氣。不，那是某個世界所採取的行動，而你將是我對付它的武器。」

程尼斯的眼睛亮了起來，他說：「我很高興能有這個機會。」

騾卻捕捉到了對方突然湧現的情感。「沒錯，你顯然動了這個念頭，想要立下一件蓋世功勞，讓你有資格得到最大的犒賞——或許甚至成爲我的接班人。這不成問題。可是你要知道，你也可能受到最嚴厲的懲罰。我的情感控制能力，並非僅僅只能誘發忠誠之心。」

他的嘴角露出淺笑，看來陰森可怖，程尼斯嚇得從椅子上跳起來。

在那一瞬間，僅僅那麼一刹那，程尼斯感到有一股無比的悲痛向自己襲來。它夾著肉體的痛楚猛撲而下，令他的心靈幾乎無法承受。下一刻它便消失無蹤，除了一股激烈的怒火，沒有留下任何跡象。

騾又開口說：「發怒是沒有用的……對，現在你掩飾住了，對不對？但我還是看得出來。所以你要牢牢記住——剛才那種感覺，我能讓它變得更強烈，更持久。我曾以情感控制的手法處決叛徒，再也沒有更殘酷的死法了。」

他頓了頓之後說：「我說完了！」

於是騾又變得孤獨一人。他關掉燈光，面前的牆壁便恢復透明。天空已被黑暗籠罩，逐漸升起的「銀河透鏡」在天鵝絨般深邃的太空中閃閃發光。

這團朦朧的星雲是由無數恆星所組成的，由於數目實在太多，看來像是融合在一起，變成一大團光耀的雲朵。

所有的星辰，都將是他的……

如今只差臨門一腳，他今晚可以休息了。

1′　第一插曲

第二基地的「執行評議會」正在舉行會議。對我們而言，他們只是許多不同的聲音。會議的實際場景，以及與會者的身分，目前都還無關緊要。

嚴格說來，我們甚至不能妄想重塑會議的任何一幕——除非，連我們所能期待的最低限度瞭解，我們都想完全犧牲。

我們所敘述的人物都是心理學家——卻並非普通的心理學家。其實我們應該說，他們是傾向於心理學研究的科學家。這句話的意思是，他們對於「科學哲學」的基本觀念，與我們所知道的一切完全南轅北轍。由物理科學的實證傳統所培養出來的科學家，他們心目中的「心理學」，與「第二基地心理學」僅有極模糊的關係。

這就像是設法向盲人解釋色彩的概念——更何況，筆者與讀者同樣算是盲人。

應該先說明的是，參與集會的所有心靈，對於彼此的工作都徹底瞭解——不只是一般的理論，還包括這些理論長時間應用於特殊個體的效果。我們所熟悉的語言，對他們則毫無必要。即使是隻字片語，也等於是冗長的廢話。一個手勢、一個鼻息、面容的一個微妙變化，甚至一個意味深長的停頓，都包含了豐富無比的訊息。

在做過如此的聲明後，我們就可以將會議的某一小段，翻譯成極端特殊的語言組合。這是爲了遷就讀者們自幼即受物理科學薰陶的心靈，即使有可能喪失微妙的神韻，也必須要冒這個險。

這個會議，由其中一個「聲音」主導全場。這個「聲音」屬於某位與會人士，他的頭銜是「第一發言者」。

他說：「究竟是什麼阻止了騾當初的瘋狂攻勢，如今已經相當明顯而確定。我不敢說這個結果應該歸功……嗯，歸功於我們對情況的控制。他顯然差一點就找到我們，因為他借助於一位第一基地的所謂『心理學家』，並且以人為方式提高那人的腦能量。正當那位心理學家要將他的發現告知騾的時候，幸好及時被擊斃了。導致他遇害的事件，相對於『第三階段』之下的所有計算，可說完全是偶然的因素。下面請你繼續說明。」

於是「第五發言者」開始發言，他的聲音非常特別。這位發言者以嚴厲的口氣說：「那個情狀的處理方式絕對是個錯誤。當然，面對強大的攻擊，我們根本沒有招架的餘地，尤其是面對具有強大精神力量的異人『騾』所主導的攻擊。在他征服了第一基地，開始稱霸銀河不久，正確說來是半年後，他就已經到了川陀。在他抵達川陀後，半年內很可能就會找到這裡來，而他的勝算極大——正確說來是百分之九六．三，誤差正負萬分之五。我們花了無數的時間，分析當初遏止他的那些力量。當然，我們知道他最初的動機究竟為何。他具有天下無雙的精神異稟，肉體卻是先天畸形，這種內在矛盾我們都看得很清楚。然而，唯有藉由洞察『第三階段』，我們才能斷定——雖然是後見之明——面對一個對他有真感情的人，他表現出反常行為的可能性。

「既然他的反常行為取決於另外那人能否在適當時機出現，就這方面而言，整個事件只是一個偶然。我們的特務早已確定，兇手是一名普通女子——由於感情作祟，騾對那名女子過於信賴，因此沒有控制她的心靈——只是因為她喜歡他。

「那個事件——對於想要瞭解詳情的人，可以到『中央圖書館』去查閱對整個事件所做的數學分析——它對我們是個警告，因為我們制止騾的方法，其實是極不正統的。所以說，我們天天面臨著整個謝頓計畫灰飛煙滅的危險。我的發言到此為止。」

第一發言者等了一下，好讓在座衆人充分領會剛才那番話的含意。然後他說：「因此，目前的情況極不穩定。謝頓的原始計畫已被扭曲，幾乎到了斷折點——我必須強調，在這個事件中，我們由於極度欠缺先見之明，因而鑄成了大錯——我們目前所面臨的，是整個計畫徹底瓦解，再也無法恢復。時間不會停下來等我們。我認爲，我們只剩最後一條路——而這個辦法仍有風險。

「就某種意義而言，我們必須主動讓騾找到我們。」

他再等了一下，看了看衆人的反應，又說：「我重複一次——就某種意義而言！」

2　二人無騾

星艦幾乎已經準備就緒。除了目的地，其他一切皆已齊備。騾曾經建議他們再去一次川陀——這個早已衰亡的世界曾是衆星之首，是銀河系獨一無二的大都會——歷史上最龐大的帝國即建都於此。

普利吉卻否定了這項建議。那是一條老掉牙的路線，早已徹徹底底搜尋過。

現在，他在導航室中碰到了拜爾．程尼斯。這個年輕人的一頭鬈髮蓬亂得恰到好處，剛好只有一綹垂到前額——就像是仔細梳成那樣的——連他微笑時露出的牙齒，也都與髮型互相搭配。不過，這位剛毅的將軍卻感到自己對這些似乎都無動於衷。

程尼斯的興奮之情溢於言表。「普利吉，這實在太巧了一點。」

將軍冷淡地答道：「我不曉得你在說些什麼。」

「喔——好吧，老前輩，那麼你拽過一張椅子來，我們好好談一談。我看過了你的筆記，我認爲實在了不起。」

「你……眞是過獎了。」

「但是，我不確定你得到的結論是否和我一樣。你有沒有試過用演繹法分析這個問題？我的意思是，隨機搜索各個星體當然很好，而爲了這樣做，你在過去五次的遠征中，做了無數次的星際躍遷。這是很明顯的事。不過你有沒有計算過，照你這種進度，得花多少時間才能把所有的已知世界搜完一遍？」

「算過，算過好幾次。」普利吉絲毫不願與這個年輕人妥協，但是打探對方內心卻很重要——

這是一個未受控制的心靈，因此根本無從預測。

「好吧，那麼，讓我們試著分析一下，判斷我們眞正要找的是什麼。」

「當然是第二基地。」普利吉繃著臉說。

「是由心理學家組成的基地。」程尼斯糾正對方的話，「他們在物理科學上處於劣勢，正如同第一基地在心理學上成就不彰。嗯，你來自第一基地，而我卻不是。這句話的含意對你或許很明顯。我們要找的是一個由精神力量統治的世界，可是它的科學卻非常落後。」

「一定是這樣嗎？」普利吉心平氣和地問。「我們這個『行星聯盟』的統治者，他的權力來源正是精神力量，可是我們的科學並不落後。」

「那是因爲有第一基地爲他提供各種科技，」對方的回答聽來有點不耐煩，「可是放眼銀河，如今第一基地是唯一的知識之源。第二基地一定藏在銀河帝國瓦解後的殘軀中，那裡不會剩下什麼有用的東西。」

「所以你就假設，他們的精神力量足以統治若干世界，而他們的物理科學卻很拙劣。」

「他們的物理科學並非『絕對』拙劣。相較於周圍那些退化的鄰邦，他們仍有足夠的自衛能力。騾則擁有精良的核能科技，面對騾的下一波攻勢，他們勢必無法抵抗。否則，第二基地爲何藏得那麼隱密？當初它的創建者哈里·謝頓就諱莫如深，如今那些人仍然藏頭縮尾。你們的第一基地從不諱言自己的存在，也從來沒有人想把它藏起來。打從三百年前，它還是一顆孤獨的行星上、一個不設防的單一城市，它就一直光明正大。」

普利吉陰鬱面容上的皺紋抽動了一下，彷彿是在譏嘲對方。「既然你完成了高深的分析，要不要我拿一張名單給你，名單上的各個王國、共和國、行星邦以及各種獨裁政體，通通符合你所描述的政治蠻荒地帶，並且符合其他幾個因素。」

「這麼說，這些你都考慮過了？」程尼斯並未表現出一絲心虛。

「名單自然不在這裡，不過我們做成了一份指南，囊括『銀河外緣對角』所有的政治集團。說實在話，你認爲驟會完全盲目地摸索嗎？」

「好吧，那麼，」年輕人的聲音變得中氣十足，「『達辛德寡頭國』有沒有可能？」

普利吉若有所思地摸摸耳朵。「達辛德？喔，我想我知道。他們並不在銀河外緣，對不對？我好像記得，他們位於距離銀河中心三分之二處。」

「沒錯，那又怎樣？」

「根據我們擁有的記錄，第二基地應該在銀河的另一端。天曉得，那可是我們唯一的線索。可是你爲何會提到達辛德呢？它和第一基地的角度差，僅僅介於一百一十到一百二十度之間，沒有任何一處接近一百八十度。」

「那些記錄中還提到另外一點：第二基地設在『群星的盡頭』。」

「銀河中從來沒有這麼一個地方。」

「因爲它是當地人所用的地名，後來爲了保密，更是不讓它流傳出來。或者，也可能是謝頓團隊取的名字。然而，『群星的盡頭』和『達辛德寡頭』之間，的確應該有些關聯，你不覺得嗎？」

「發音有點相近嗎？這個理由不夠充分。」

「你到過那裡沒有？」

「沒有。」

「可是在你的記錄中，卻提到過那個地方。」

「哪裡？喔，沒錯，不過我們只是去補充食物和飲水。那個世界絕對沒有任何可疑之處。」

「你是降落在首都行星嗎？我是指政府的中樞？」

「我不敢確定。」

在普利吉的冷眼凝視下，程尼斯沉思了一會兒。然後他說：「你願意花一點時間，陪我一起去看『透鏡』嗎？」

「當然。」

「透鏡」也許是當時星際巡弋艦上最先進的設備。它其實是一台極複雜的電腦，能將銀河系任意一處所見的夜空景象，重現在一幅螢幕上。

程尼斯調整著座標點，並關掉駕駛艙的燈光。艙內只剩下「透鏡」控制盤所發出的微弱紅色光芒，將程尼斯的臉龐映得通紅。普利吉則坐在駕駛座上，翹起一條長腿，臉孔隱沒在幽暗中。

暖機時間過了之後，螢幕上便慢慢現出許多光點。那是銀河中心附近的星像，稠密明亮的群星緊緊聚在一起。

「這是川陀所見的冬季夜空。」程尼斯解釋道：「據我所知，有一個很重要的關鍵，在你過去的搜尋行動中都忽略了。任何一個明智的定向，一定都會拿川陀當原點。因爲川陀是銀河帝國的首都，除了身爲政治中樞，它更是全銀河在科學和文化上的中心。因此之故，銀河中的任何地名，十之八九會以川陀作標準。此外你也應該記得，雖然謝頓來自接近銀河外緣的赫利肯星，他所領導的研究都是在川陀進行的。」

「你到底想要說明什麼？」普利吉以冰冷平板的聲音，朝對方的熱情潑下一盆冷水。

「星圖會說明一切。你看到那個暗星雲沒有？」程尼斯的手臂投影在螢幕上，將其上閃亮的銀河遮掩了一部分。他的食指指著一個微小的黑點，它看來像是光網中的一個小洞。「根據星宇圖的記錄，它叫作貝洛星雲。注意看，我要把影像放大。」

普利吉曾經看過「透鏡影像」的放大過程，不過他仍舊屏息以待。那種感覺好像是凝望著星艦的顯像板，而星艦正在穿越駭人稠密的星帶（並未進入超空間）。群星向他們迎面撲來，從一個共同中心四散紛飛，最後消失在螢幕的邊緣。一些單獨的光點漸漸一分爲二，最後變作一團光球；朦朧的光帶則分解成無數光點。種種的影像變化，始終帶來一種相對運動的錯覺。

程尼斯不停地解說著：「你可以發現，這等於是我們從川陀出發，沿著直線一路飛往貝洛星雲。所以我們看到的影像，一直維持著從川陀望向這個星空的方向。其中可能有一點誤差，因爲我並未考慮重力所造成的星光偏折。我手邊沒有計算這個因素的數學工具，不過我確定影響不會太大。」

黑暗區域正在螢幕上展開。隨著放大速率逐漸減緩，星辰依依不捨地從螢幕四周消失。而在那個逐漸變大的星雲邊緣，突然湧現許多明亮的星體。由於附近數立方「秒差距」的太空中，充滿鈉原子與鈣原子構成的黯淡漩渦，那些星體的光芒遭到遮掩，只有靠近時才看得見。

程尼斯又指著螢幕說：「那個星域的居民把這個地方稱作『星口』。這個事實意義重大，因爲只有從川陀的方向看過去，它才像是一個嘴巴。」他指的是那個星雲中的一個裂隙，裡面充滿閃耀的星光，參差不齊的輪廓彷彿是個微笑的嘴形。

「沿著『星口』，」程尼斯說：「沿著『星口』向前走，星光愈來愈稀疏，就像是進入『咽喉』。」

螢幕上的影像擴展些許，星雲以「星口」爲中心伸展開來，最後佔據整個螢幕，只剩下「星口」露出細微的光芒。程尼斯的手指默默跟著「星口」走，直到它陡然停止，然後他的手指繼續移動，滑移到一顆孤獨而明亮的星體，才終於停在那裡。倘若再往外走，就是一片完全黑暗的深淵。

「群星的盡頭。」年輕人不假思索地說：「星雲在那兒變得稀疏。所以這顆星射出的光線，只能向唯一的方向延伸——一路射向川陀。」

「你想要說……」由於無法置信，將軍的話只說了一半。

「我並非想要說什麼。那就是達辛德——群星的盡頭。」

「透鏡」隨即被關上，室內燈光重新亮起。普利吉跨出三大步，來到程尼斯面前。「你是怎麼想到的？」

程尼斯靠在椅背上，露出詭異的爲難表情。「純粹是偶然。我眞想將它歸功於我的聰明，事實上卻只是巧合。無論如何，反正這個結論合情合理。根據我們手頭的資料，達辛德是個寡頭政治國。它統治了二十七顆住人行星，但是科學並不昌明。最重要的是，它是個偏遠的世界，在該星域的區域性政治中嚴守中立，也並未實行擴張主義。我認爲，我們應該去看一看。」

「你向騾報告過嗎？」

「還沒有，我們先別告訴他。我們已經進入太空，即將進行第一次躍遷。」

普利吉大吃一驚，趕緊跳到顯像板旁。當他調整好焦距後，眼前赫然是冰冷的太空。他目不轉睛地凝視良久，才猛然轉過頭來。他的右手，自然而然摸到堅硬且能帶來安全感的核銃握把。

「誰下的命令？」

「報告將軍，我下的命令。」這是程尼斯第一次稱呼對方的軍銜，「當我對你滔滔不絕的時候，你也許沒注意到星艦已在加速。因爲當時我正在擴大『透鏡』的像場，你一定會以爲那是影像引起的錯覺。」

「爲什麼？你究竟在做什麼？你胡扯一大堆關於達辛德的事，到底有什麼目的？」

「那可不是胡扯，我的態度十分嚴肅。我們現在正朝那兒飛去。我會選在今日啓程，正是因爲我們原本預計三天後出發。將軍，你不相信有第二基地，我卻深信不疑。你只是奉騾之命行事，自己完全沒有信心，我卻看出極度的危險。算起來，第二基地已經積極準備了五年。我不知道他們是如何準備的，但是，萬一他們的特務滲透了卡爾根呢？如果我心裡藏著第二基地的下落，很可能會被他們發現。我的性命或許會受到威脅，而我非常珍惜這條小命。縱使只有一絲一毫的危險，我都希望盡量避免。所以除了你，沒有任何人曉得達辛德的事，而你也是在我們上太空後才知道的。即使如此，我們還得顧慮艦員呢。」程尼斯又露出嘲諷式的微笑，顯然他完全掌握了局勢。

普利吉的手從腰際的核銃滑落，一股模糊的不快陡然向他襲來。究竟是什麼使他不願採取行動？是什麼使他優柔寡斷？過去，當他效忠第一基地那個商業帝國的時候，他是一名充滿叛逆性格、永遠無法晉升的上尉；那時應該是他，而不是程尼斯，會對這種情況毫不猶豫地採取大膽行動。難道騾眞的說對了嗎？受控的心靈由於服從至上，令他不再主動積極？他頓時感到意志消沉，陷入一種奇異的疲憊狀態。

他說：「做得好！可是從今以後，在你做出類似決策之前，要先和我商量一下。」

此時，閃動的訊號吸引了他的注意。

「那是引擎室。」程尼斯隨口說：「我命令他們五分鐘內暖機，我還交代他們，發現任何問題要立刻通知我。要我代你去一趟嗎？」

普利吉默默點了點頭。他想起自己已經快五十歲，遂在孤獨中沉思著這個可怕的事實。顯像板只映出稀稀落落的幾顆星，銀河主體則朦朧地擠在一旁。假如自己能解脫騾的枷鎖，那該……

剛剛想到這個念頭，他就嚇得趕緊打住。

輪機長哈克斯蘭尼以銳利的目光，瞪著面前這位穿著便服的年輕人。這個平民似乎很有權威的地位，還帶著艦隊軍官特有的自信。而乳臭未乾就加入艦隊的哈克斯蘭尼，卻總是將權威與階級劃上等號。

不過這個人是騾親自指定的，而騾當然就是眞理。騾的一句話，就令他連下意識都毫不懷疑。

他一句話也沒說，只是將一個小小的卵形物體交給程尼斯。

情感的控制將他深深地、牢牢地抓住。

程尼斯掂掂它的份量，露出了迷人的笑容。

「輪機長，你是基地人，對不對？」

「是的，長官。在第一公民接收基地前，我曾在基地艦隊中服役十八年。」

「你是在基地接受技術訓練的嗎？」

「我是合格的一級技術員——安納克里昂中央軍校畢業。」

「很好。這是你在通訊線路中找到的嗎？就在我請你檢查的地方？」

「報告長官，是的。」

「它是線路的一部分嗎？」

「報告長官，不是。」

「那麼它到底是什麼？」

「報告長官，是超波中繼器。」

「我可不是基地人，你這麼說還不夠清楚。它有什麼作用？」

「藉著這個裝置，就能在超空間中追蹤這艘星艦。」

「換句話說，不論我們到哪裡，都會被人跟蹤。」

「報告長官，是的。」

「很好。這是新近的改良型，對不對？是由第一公民創建的『研究院』研發出來的，是嗎？」

「報告長官，我同意。」

「它的結構和功能都是政府的機密，對嗎？」

「報告長官，我同意。」

「而它卻跑到這裡來了，眞有意思。」

程尼斯將超波中繼器在兩手間扔來扔去。幾秒鐘後，他猛然向前一伸手。「好，你拿去吧，把它原封不動放回原處。懂不懂？然後忘掉這件事，徹底忘掉！」

輪機長差一點就要行禮，還好即時煞住。一個俐落的轉身，他就離開了。

星艦在銀河中進行著一次又一次的躍遷，它的軌跡是群星間一條稀疏的虛線。虛線中的「點」，是星艦在普通空間中航行十至六十「光秒」的短程路徑；而點與點之間許多秒差距的空隙，則是星艦在超空間中躍遷一次的結果。

拜爾・程尼斯坐在「透鏡」的控制盤前沉思，不禁對它興起一股近乎崇敬的情緒。他不是基地人，因此對他而言，推動把手、按動開關這些事，並不是耳濡目染的第二本能。

然而，即使對基地人而言，「透鏡」也不算一種無聊的裝置。在它不可思議的緊緻體積中，藏有數不清的電子電路，足以精確記憶數億顆恆星的相對位置。除此之外，它還具有一項更驚人的功能，就是能將「銀河像場」的任何一部分，沿著三個空間座標軸進行任意的平移，或是繞著任何中心旋轉。

由於具有這些功能，在星際旅行科技的發展中，「透鏡」扮演了近乎革命性的角色。在星際旅行早期，爲了一次超空間躍遷，必須花上一天至一週來進行計算——大多數的時間，都用於計算船艦在銀河中的準確位置。簡單地說，就是至少要對三顆彼此相距很遠的恆星，進行非常精確的觀測，而這三顆恆星相對於某個「銀河座標原點」的位置必須是已知的。

關鍵便在於「已知」這兩個字。任何人只要熟悉某個方位的「星像場」，便能輕易分辨出其中每一個星體。然而躍遷十秒差距之後，就可能連母星的太陽都難以辨認，甚至根本看不見了。

解決之道當然是光譜分析。每顆恆星的光譜都不盡相同，就像每個人的簽名一樣。數世紀以來，星際交通工程學的主要課題，正是如何將更多恆星的光譜分析得更仔細。隨著光譜分析的發展，以及躍遷準確度的不斷提升，銀河旅行的標準航道逐漸建立起來，星際航行也從藝術逐漸蛻變成眞正的科學。

不過，即使像基地這樣的科技水準，船艦上配備精良的電腦，並且利用嶄新的星像場掃瞄法來分析恆星的「星光簽名」，但是在不熟悉的星域中，駕駛員也經常需要幾天的時間，才能找到三顆已知的恆星，以便計算船艦的位置。

直到「透鏡」發明後，一切才完全改觀。「透鏡」的特色之一，在於只需要一顆已知恆星當參考點；而另一項特色，則是程尼斯這樣的太空生手也能操作自如。

根據躍遷計算，目前最接近而體積夠大的天體是凱旋星。而此時在顯像板中央，也顯現了一顆明亮的星體。程尼斯希望它正是凱旋星。

「透鏡」的投影螢幕緊鄰著顯像板，程尼斯將凱旋星的座標一個一個仔細鍵入。然後他開啓某個電驛，星像場便立刻出現在螢幕上。螢幕中央也有一顆明亮的恆星，不過似乎與顯像板上那一顆沒有什麼關係。於是他開始調整「透鏡」，讓星像場沿著Z軸平移，並且讓畫面逐漸擴展，直到螢幕中央與顯像板中央的恆星亮度完全相同。

程尼斯又在顯像板上選了另一顆夠大夠亮的恆星，並從螢幕上找到對應的影像。接下來，他讓螢幕緩緩旋轉，一直轉到與顯像板相同的方位。然後他噘著嘴，露出不滿意的表情，並放棄了這個結果。然後他再度旋轉螢幕，選了另外一顆亮星，接著再做第三次的嘗試。這回他終於露出笑容，總算成功了。一位受過「相對位置判別訓練」的專家，也許第一次就能成功，但他只做了三次嘗試，成績也相當難得。

最後的工作便是微調。他將螢幕與顯像板的影像重疊起來，結果是不盡相符的一團朦朧。大多數星體都呈現很接近的兩個影像。不過微調並不需要太多時間。所有的星像不久都融合爲一，變成單一的清晰影像。現在，已經能直接從刻度盤上讀出星艦的位置，整個過程還不到半個小時。

程尼斯在漢．普利吉的單人寢室裡找到他。這位將軍顯然準備就寢了，他抬起頭來問：

「有什麼消息嗎？」

「沒有什麼特別的消息。只要再做一次躍遷，我們就到達辛德了。」

「我知道了。」

「如果你想上床，我就不打擾你了。可是，我們在席爾星找到的膠捲，你究竟有沒有好好看過？」

程尼斯所說的那個膠捲，這時擺在一個矮書架下層的黑色盒子中，漢．普利吉向那裡投出一個輕蔑的目光。「看過了。」

「你有什麼感想嗎？」

「我認爲，即使曾經存在任何和歷史有關的科學，在銀河系這一帶也幾乎失傳了。」

程尼斯露出燦爛的笑容。「我知道你的意思。資料相當貧乏，對不對？」

「假如你對統治者的實錄情有獨鍾，那又另當別論。我認爲，這些東西無論如何不會可靠。那些專注於個人事蹟的歷史，功過評價全取決於作者的主觀意識。我發現實在一點用也沒有。」

「但是裡面提到了達辛德。我給你那捲膠捲，就是想讓你看看這個記錄。這是我找到的唯一一份資料，其他的資料連提也沒提。」

「好吧。他們的統治者有好有壞，他們征服過幾顆行星，打仗有輸有贏。但是他們並沒有什麼特殊事蹟。程尼斯，我認爲你的理論沒有任何價值。」

「可是你忽略了一些重點。你有沒有注意到，他們向來不曾和其他世界結盟？在那個擠滿星辰的角落，他們始終置身於區域性政治之外。正如你所說，他們曾經征服過幾顆行星，可是卻適可而止——而且沒有吃過什麼大敗仗。彷彿他們刻意擴張到剛好足以自衛，卻又剛好不會引起注意。」

「非常好。」普利吉以毫無感情的語調答道：「我並不反對登陸。最壞的結果——浪費一點時間。」

「喔，不對。最壞的結果——全軍覆沒，如果那裡眞是第二基地的大本營。你別忘了，天曉得那個世界藏有多少隻騾。」

「你計畫怎麼做呢？」

「降落在某顆不起眼的藩屬行星上。先盡可能蒐集有關達辛德的資料，然後見機行事。」

「好吧，我不反對。你不介意的話，現在我想熄燈了。」

程尼斯擺擺手，逕自離開了。

這個飄浮於廣袤太空中的金屬島嶼，有一間小寢室立刻陷入黑暗。不過，漢．普利吉將軍仍然清醒，讓奔騰的思緒帶領自己神遊物外。

假如他硬著頭皮決定的事通通正確——許多事實已經開始互相印證——那麼達辛德的確就是第二基地，不可能另有蹊蹺。可是爲什麼？爲什麼呢？

眞的就是達辛德嗎？一個平凡的世界？一個毫無特色的世界？帝國殘骸中的一個貧民窟？斷垣殘壁間的一個碎片？他依舊記得，每當騾提到基地心理學家艾布林．米斯，那個曾經——也許曾經發現第二基地祕密的人，騾總是會皺起眉頭，連聲音也變得有氣無力。

普利吉想起騾的話語中緊張的情緒：「米斯好像突然嚇呆了。彷彿第二基地的祕密超乎他的預料，和他原先的假設完全背道而馳。我眞希望除了他的情緒之外，我還能讀出他的思想。但那些情緒是那麼明顯——尤其是那股撲天蓋地的驚愕。」

驚愕是米斯情緒中的主調。他的發現一定難以置信！而現在，這個男孩，這個老是笑咪咪的青年，他對達辛德充滿信心，還油嘴滑舌地強調最不起眼就是最不平凡。而他一定沒錯，他的說法一定正確。否則，天下再也沒有合理的事了。

在進入睡眠狀態之前，普利吉最後的意識是一絲冷酷。乙太管旁邊的超波追蹤器仍在原處。一小時前他還去檢查過，而程尼斯對此完全不知情。

2′ 第二插曲

在評議會大廳的休息室中，幾位發言者聚在一起——他們即將進入大廳，展開當天的工作——兩三個念頭在他們之間迅速飛來躍去。

「所以說，騾開始行動了。」

「我也聽說了。危險！太危險了！」

「如果一切依循既定的函數運作，就不會有危險。」

「騾不是普通人——想要左右他所選定的傀儡，很難不被他察覺。受到控制的心靈更是難以碰觸，據說他已經發現幾宗案例。」

「沒錯，我認為簡直無法避免。」

「未受控制的心靈比較容易對付。可是他手下的掌權人物，卻很少有這樣的人……」

他們走進了大廳，第二基地的其他成員則跟在後面。

3　二人與農夫

羅珊是個位於銀河邊陲的世界。就像其他邊陲世界一樣，它經常被銀河歷史所忽略，而它也總是低調行事，以避免招惹無數條件更好的行星。

在銀河帝國末期，只有一些政治犯住在這個荒蕪的世界。此外，這顆行星上還有一座觀測站，以及少數的駐軍，因此不能算是無人之境。後來，動盪不安的凶年接連不斷，甚至在哈里．謝頓的年代之前，已經有許多平凡百姓離開人口集中地帶，遷徙到這個偏遠而荒涼的世界。一來是為了逃避連年的戰亂，二來也是厭倦了永無止境的征伐，以及野心家為了毫無意義的皇位明爭暗鬥、每隔幾年就改朝換代一次的鬧劇。

於是，在羅珊行星寒冷而荒蕪的土地上，逐漸出現幾個小村落。羅珊的紅太陽是一顆小型恆星，總是吝於多施捨一點光和熱。因此在這個世界上，每年有九個月的時間飄著稀落的雪花。在這些下雪的月份，當地的耐寒作物全部躲在土壤裡冬眠。等到太陽好不容易重新出現，溫度升到接近華氏五十度時，它們則以近乎瘋狂的速度，趕緊生長，迅速成熟。

本地有一種類似山羊的小型動物，會用長了三個蹄的細腿，踢開草原上薄薄的積雪，然後啃嚙積雪下面的小草。

羅珊居民的麵包與乳品就是這麼來的，偶爾捨得殺掉一頭動物時，他們甚至還有肉吃。危機四伏的森林佔據了赤道地帶一半面積，提供了質料堅實、紋理細緻的木材，是蓋房子的上好建材。這些木料，以及一些毛皮與礦物，甚至還能外銷到其他世界。過去，帝國的太空商船會不定時來到此地，用農業機械、核能暖爐甚至電視機，與當地居民交換這些土產。電視機是不可或缺的，因為每當漫長的冬季來臨，農民們就必須整天待在家裡。

帝國的歷史就這樣從羅珊農民的頭上流逝。太空商船會突然帶來一些新消息，不時也會有些新的難民抵達此地。有一次，一大群的難民集體湧至，並且定居下來。這些難民或多或少知道一些銀河最新的時勢。

羅珊人因此而能獲悉外界的變動：席捲銀河的戰事、大規模的屠殺，以及暴虐的皇帝與叛亂的總督。每當他們聚集在村落的廣場，享受微弱陽光帶來的一絲暖意時，總會不自禁地搖頭嘆息，並將毛皮領拉到長滿大鬍子的臉旁，神情嚴肅地批判人性的邪惡。

後來，有好長一段時間不見太空商船，生活因此變得更為艱苦。原本依靠進口的煙草、農機，以及柔軟的食物都沒有了。只有電視機的超波頻帶上，還會傳來零星模糊的消息，讓他們知道局勢愈來愈不穩定。終於，川陀遭到大肆劫掠的消息傳開來。這個全銀河最偉大的世界，這個輝煌、傳奇、不可侵犯、壯麗無匹的京畿，竟然也會被蹂躪成一片廢墟。

這種事眞令人難以置信。對於許多從土地上掙飯吃的羅珊農民而言，銀河的末日似乎已近在眼前。

若干年後，在某個完全平凡無奇的日子，一艘星艦來到羅珊。各村的老者都自以為是地點著頭，揚起老邁的眼瞼竊竊私語，說這種事在他們父親的時代常有發生——事實卻並不盡然。

它並非屬於帝國所有，因為艦首少了帝國特有的「星艦與太陽」標誌。這艘外型粗短的星艦，是由老舊船艦的殘骸拼裝而成——裡面的人員，則自稱達辛德的戰士。

農民們一頭霧水。他們沒有聽說過達辛德，卻仍舊以傳統的待客之道歡迎這些戰士。這些陌生人向農民仔細問了許多問題，諸如這顆行星的自然條件、居民的人數、有多少城市（不過農民們把「城市」誤以爲「村落」，弄得彼此糊裡糊塗），以及經濟型態等等。

接著便有多艘星艦登陸此地，並且對整個世界宣佈，達辛德已經成爲這顆行星的統治者。在住人的赤道地帶將設立許多徵稅站，每年都要按照某些公式，向農民徵收百分之若干的穀物與毛皮。

羅珊人表情嚴肅地眨眨眼睛，搞不清楚「稅」究竟是什麼東西。不過到了徵稅的日子，很多人還是照付了。或者應該說，是茫然地站在一旁，看著穿制服的異邦人將他們收獲的玉米與毛皮搬到大車上。

於是，各地憤怒的農民紛紛組織起來，拿出古時的狩獵武器——但始終沒有什麼作爲。當達辛德人再度來臨時，他們心不甘、情不願地一哄而散；眼看艱苦的生活變得更加艱苦，大家卻一籌莫展。

但是不久之後，便出現了一種新的生態平衡。達辛德的總督趕走了住在紳士村的羅珊人，自己住進那裡，過著深居簡出的日子。這位總督與手下都很少跟當地人接觸，因此並不惹人注意。這時，徵稅的工作已經委託某些羅珊農民執行，那些本地的稅務員會定期到各村各戶訪問，不過他們都是習慣的動物——農民們學到該如何隱藏收獲的穀物，並將家畜趕到森林去，以及故意不讓房舍顯得太華麗。每當稅務員來訪，不論問到任何有關資產的尖銳問題，他們一律露出一副呆然的表情，指著眼前可見的那麼一點點。

後來連這種情況都愈來愈少，稅金也自動減了。彷彿達辛德懶得從這個世界上撈取那些少得可憐的油水。

貿易活動卻愈來愈興盛，或許是因爲達辛德發現如此更有利可圖。雖然帝國的精美製品已成絕響，達辛德的機械與食物仍比本地貨好得多。達辛德人還帶來許多女裝，它們比手織的灰色布料漂亮多了，自然是極受歡迎。

於是，銀河的歷史繼續平靜地溜過，農民們依舊從貧瘠堅硬的土地中掙飯吃。

納若維剛走出他的農舍，就從大鬍子中噓出一口氣。第一場雪已經飄落堅硬的地面，天空佈滿陰沉的粉紅色雲層。他斜著眼仔細眺望天空，斷定一時之間還不會有風暴。這就代表他可以順利抵達紳士村，以便賣掉過剩的穀物，換回足夠的罐頭食品來過冬。

他將大門拉開一道縫，對著屋內大聲吼道：「小仔，車子餵飽了沒有？」

屋內立刻傳出高聲的回答，納若維的大兒子隨即走了出來。他的紅色短鬍鬚還沒有長滿，臉上還帶著幾分稚氣。

他滿腹委屈地說：「車子加滿燃料了，車況也不錯，唯獨車軸情況不妙。那個毛病不能怪我，我告訴過你，要找專家修理才行。」

納若維退後一步，皺著眉頭打量著兒子，然後把長滿鬍鬚的下巴向前一伸。「這難道是我的錯嗎？要我到哪裡去，又怎麼去找專家來修理？接連五年欠收你知不知道？哪一年沒有幾頭畜生發瘟？毛皮又什麼時候漲過價……」

「納若維！」屋內響起一個熟悉的聲音，將他的話硬生生切斷。他抱怨道：「你看，你看——你娘又要插手父子之間的事了。把車子開出來，要確定載貨拖車聯結得牢靠喔。」

他伸出戴著手套的雙手，用力互拍一下，然後又抬起頭來。朦朧的紅色雲朵愈來愈密，雲縫間的灰色天空沒有一絲暖意。太陽不知道躲到哪裡去了。

當他正要移開視線時，眼睛卻突然僵住，手指頭不知不覺就向上指，同時張大嘴巴拚命大叫，根本忘了空氣冷得要命。

「老伴，」他使勁大喊：「老太婆——趕快出來。」

窗口馬上出現一張氣呼呼的臉孔。她順著他指的方向望去，就再也合不攏嘴。她大叫一聲，立刻沿著木梯飛奔而下，沿途順手抓了一條舊披肩與一方亞麻布。等到她出現在門口，已經把披肩披在肩膀上，亞麻布則鬆垮垮地包著頭頂和耳朵。

她以充滿鼻音的聲音說：「那是外太空來的星艦。」

納若維不耐煩地答道：「還會是別的東西嗎？有訪客來了，老太婆，訪客！」

那艘星艦緩緩下降，終於在納若維的農場北側、一片寸草不生的凍土上著陸。

「可是我們該做些什麼呢？」女人喘著氣說：「我們能好好招待他們嗎？要讓他們睡我們家的骯髒地板，請他們吃上星期的玉米餅嗎？」

「難道要把他們趕到鄰家去？」納若維的臉龐已經被凍得由紅轉紫。他伸出穿著光滑毛皮的雙臂，緊緊抓住女人結實的肩膀。

「我的好老婆，」他興奮得口齒不清，「你去把我們房間的兩把椅子拿到樓下來；你再去宰一頭肥肥的小牲口，跟薯類一塊烤熟；你還要烘一張新鮮的玉米餅。我現在就去迎接那些外太空來的大人物……還有……還有……」他頓了頓，將大帽子向上一推，猶豫地搔了搔頭。「對了，我還要帶著我釀的那罈酒，跟他們喝個痛快。」

當納若維發號施令之際，女人的嘴巴傻愣愣地不停抖動，卻沒有發出任何聲音。等到納若維說完，她才冒出一聲刺耳的尖叫。

納若維舉起一根手指。「老太婆，村裡的長老一週前是怎麼說的？啊？動動腦筋。長老們親自到各家農場拜訪——親自拜訪！你想想看這代表有多麼重要！他們是來知會我們，如果發現任何外太空來的星艦，就要立刻通知他們，這是總督的命令。

「現在，我難道不該趁這個機會，在這些大人物心中留下一點好印象嗎？看看那艘星艦，你見過這種樣子的嗎？那些外星人士一定既富且貴。爲了迎接他們，總督親自下達緊急指令，長老們在這麼冷的天氣逐個農場捎信。也許整個羅珊都接到了通知，說這些人是達辛德領主們期待的大人物——而他們竟然降落在我的農場。」

他心急得跳來跳去。「我們好好招待他們，他們就會向總督提起我的名字，這樣一來，我們有什麼得不到的？」

直到這時，納若維太太才感到刺骨的寒氣鑽進她的薄衫。她一個箭步跳到門口，同時大吼一聲：「那你還不趕快去。」

不過納若維早已拔腿飛奔，朝星艦降落的方向跑了過去。

漢．普利吉將軍對這個世界的酷寒、荒涼、空曠、貧瘠都毫不擔心。面前這位滿頭大汗的農夫，也沒有爲他帶來絲毫困擾。

眞正令他煩惱的問題，是他們的戰術究竟是否明智。因爲，他與程尼斯兩人是隻身來到此地。他們的星艦已經回到太空，在普通情況下，它應該都能照顧自己，但他仍舊感到不安全。當然，這次的行動要由程尼斯負全責。他向這個年輕人望過去，發現他正朝一座毛皮帳幕的裂縫處頑皮地眨眼。那裡有一對女人的眼睛在向外窺探，還看得見一張合不攏的嘴巴。

至少，程尼斯似乎完全不在意。對於這個事實，普利吉感到有些幸災樂禍。他的遊戲一定很快就要碰壁。可是，如今他們與星艦的唯一聯繫，只剩下兩人手腕上的通訊裝置。

這位農場主人對他們拚命傻笑，而且一面不停點頭，一面以油腔滑調的諂媚口氣說：「尊貴的大爺，請恕我冒昧地向您們報告，我的大兒子剛才告訴我，長老們很快就會到了。他是個優秀傑出的青年，只可惜我太窮了，沒法子讓他接受足夠的教育。我相信您們在這裡的這段時間，一定會對我的竭誠招待十分滿意。我雖然很窮，卻是個勤奮、誠實又謙遜的農夫，這可是有口皆碑的。」

「長老？」程尼斯順口問道：「這個地區德高望重的人物嗎？」

「是的，尊貴的大爺，此外他們也都是誠實而傑出的人物。因爲整個羅珊都知道，我們這個村子是個正直又規矩的好地方——雖然生活艱苦，田地和森林裡的收成都不好。或許您們可以跟長老提一下，尊貴的大爺，提一下我對訪客的尊重和敬意。這樣一來，他們也許就會幫我申請一輛新的貨車。因爲我們的老爺車幾乎爬不動了，全家的生計卻還得靠它維持。」

他露出低聲下氣的渴望神色。爲了符合「尊貴的大爺」這個稱謂，漢．普利吉故意端起架子，輕輕點了點頭。

「你的待客之道，我保證會傳到長老的耳朵裡。」

納若維離開後，普利吉趁機向顯然有些失神的程尼斯說：

「我並不是特別有興趣和那些長老碰面。」他說：「你對這件事又有什麼想法？」

程尼斯似乎有些驚訝。「沒有什麼想法。你在擔心什麼呢？」

「與其在這裡惹人起疑，我認爲我們有更好的做法。」

程尼斯以單調低沉的聲音，一口氣說道：「我們下一步的行動即使會啓人疑竇，或許仍有必要冒這個險。普利吉，如果只是伸一隻手到黑布袋裡亂摸一通，絕對找不到我們想找的人。憑藉心靈力量統治一個世界的人，不一定是表面上的掌權者。重點是，第二基地的心理學家也許只佔整個人口的極少數，正如同在你們第一基地上，科學家和技術人員只是少數族群。普通的居民可能就是那樣——非常普通。甚至有可能，那些心理學家隱藏得極好，而表面上處於領導地位的人物，則眞的自以爲是眞正的統治者。或許在這顆冰封的行星上，就能找到那個問題的答案。」

「我完全聽不懂你的話。」

「啊，想想看，這實在很明顯。達辛德也許是個龐大的世界，擁有幾百萬乃至幾億的人口。我們要如何從中辨識哪些是心理學家？又要怎樣向騾報告，說我們已經找到第二基地？可是在這裡，這個小小的農業世界，這個藩屬行星，剛剛那位農夫已經說過，所有的達辛德統治者都集中在紳士村。普利吉，那裡可能只有幾百人，而其中一定有一名至數名第二基地份子。我們終究要到那裡去，不過在此之前，讓我們先見見長老——這是個符合邏輯的程序。」

滿臉黑鬍子的主人慌忙地走進屋內，顯得興奮萬分，兩人便停止交頭接耳，顯得若無其事。

「尊貴的大爺，長老們到了。恕我再請求您們一次，希望您們能夠爲我美言一句……」他極盡諂媚，幾乎鞠了一個一百八十度的躬。

「我們當然會記得你，」程尼斯說：「這些人就是你們的長老嗎？」

他們顯然就是，總共有三位。

其中一人向前走來。他以帶著威嚴的敬意微微欠身，並說：「我們深感榮幸。尊貴的閣下，交通工具已經準備好了，希望您們移駕我們的集會廳一敘。」

3′　第三插曲

第一發言者心事重重地凝望著夜空。點點星光中，不時有稀疏的雲朵飛掠。太空一向冷漠而令人敬畏，如今看來更藏有明顯的敵意，因為其中出現了一個奇異的生物「騾」。由於騾的存在，太空似乎充滿著凶惡的威脅。

會議已經結束，過程並不太長。針對處理未知的精神突變種所引發的數學難題，與會者提出了許多質疑與問題。即使是極端的組合，也必須一一考慮到。

他們眞能確定什麼嗎？騾就在太空的某個角落——在銀河系中不算遙遠的某一處。而騾將要做什麼呢？

對付他的部下輕而易舉，他們一直都是計畫中的棋子。

可是要如何對付騾本人呢？

4 二人與長老

羅珊世界上，至少在這個地區，長老的形象與一般人的想像完全不同。他們並非較長或較老的農民，也不會顯得權威或不甚友善。

完全不是那麼回事。

初次見面，他們總會令人留下相當有尊嚴的印象，讓人瞭解到他們的地位是如何重要。

現在他們圍坐在橢圓形長桌旁，像是許多嚴肅而動作遲緩的哲人。大多數人看來剛剛步入中年，只有少數幾位留著修剪整齊的短鬍子。總之，每個人顯然都還不到四十歲，因此「長老」這個頭銜其實只是尊稱，而不全然是對年齡的描述。

從外太空來的那兩位客人，正坐在上座與長老共餐。大家都保持嚴肅，而食物也十分簡樸。看來這只是一種儀式，而並非眞正的宴客。他倆一面吃，一面體察著一種全新的、對比強烈的氣氛。

飯後，幾位顯然最受敬重的長老說了一兩句客套話——由於實在太短太簡單，不能稱之爲「致詞」——拘謹的氣氛就不知不覺消失無蹤。

歡迎外來訪客而做作出來的尊嚴彷彿終於功成身退，長老們開始對客人表現出親切與好奇，將鄉下人的敦厚純樸表露無遺。

他們圍在兩位異邦人身邊，提出了一個接一個的問題。

他們的問題五花八門：駕駛太空船是否很困難？總共需要多少人手？他們的地面車有沒有可能換裝較好的發動機？聽說達辛德很少下雪，其他世界是不是一樣？他們的世界住了多少人？是不是和達辛德一樣大？是不是非常遙遠？他們的衣料是如何織成的？爲何會有金屬光澤？他們爲什麼不穿毛皮？他們是不是每天刮臉？普利吉戴的戒指是什麼礦物……以及其他數不勝數的怪問題。

幾乎所有的問題都是向普利吉提出來的，似乎由於他比較年長，他們自然而然認爲他較爲權威。普利吉發覺自己不得不回答得愈來愈詳細，好像被一群小孩子包圍一般。那些問題全然出於毫無心機的好奇。他們熱切的求知欲令人無法抗拒，而他也不會拒絕。

普利吉耐著性子，逐一解答如下：駕駛太空船並不困難；人員數目決定於船艦的大小，從一個人到很多人都有可能；自己對此地車輛的發動機並不熟悉，但想必可以改進；每個世界的氣候都不盡相同；他們的世界上住了幾億人；不過與偉大的達辛德「帝國」相比，則是微不足道；他們的衣服是矽塑料紡織而成；經過特殊加工，布面分子具有固定的方向，因此會產生金屬光澤；由於衣料內附加熱裝置，因此他們不用再穿毛皮；他們的確每天刮鬍子；他的戒指上鑲的是紫水晶……等等等等。普利吉發現自己竟然和這些鄉下人打成一片，這根本違反他的本意。

每當他回答一個問題，長老們都會立刻交頭接耳一番，好像是在討論這些最新的資訊。外人很難聽懂他們彼此間的討論，因爲此時他們總是恢復特有的口音。雖然他們講的仍是通用的「銀河標準語」，但是由於與主流語言長期隔絕，因而顯得古老而過時。

或許可以這樣說，他們相互間的簡短評論，僅能讓外人知道他們說些什麼，卻能避免外人瞭解交談的眞正內容。

程尼斯終於忍不住了，打岔道：「諸位長老，你們必須花點時間回答我們的問題。別忘了我們是異邦人，而且非常希望盡可能知道達辛德的一切。」

這句話一出口，全場立刻鴉雀無聲，剛才喋喋不休的長老一個個閉上嘴巴。他們的雙手原本都在拚命揮舞，彷彿是爲了加強說話的語氣，現在卻突然垂了下來。他們偷偷地彼此互望，顯然都十分希望由別人來發言。

普利吉趕緊搶著說：「我的同伴這麼問絕無惡意，因爲達辛德的盛名早已傳遍整個銀河。我們見到總督時，當然會向他報告羅珊長老們的忠誠和敬愛。」

雖然沒聽到鬆了一口氣的吁聲，長老們的臉色卻都緩和下來。一位長老用拇指與食指緩緩撫著鬍鬚，將微微捲曲的部分輕輕壓平，然後說：「我們都是達辛德領主們的忠實僕人。」

直到這時，普利吉才原諒了程尼斯的莽撞。雖然他最近感到自己上了年紀，至少顯然尚未喪失打圓場的能力。

普利吉繼續說：「我們來自極爲遙遠的地方，對達辛德領主們的歷史不太清楚。相信長久以來，他們都是以開明的方式統治此地。」

剛才開口的那位長老，儼然已經自動成爲發言人。他答道：「此地最老的老者，他的祖父也不記得沒有領主的時代。」

「過去一直都很太平嗎？」

「過去一直都很太平！」他遲疑了一下，「總督是一位精明強悍的領主，對於懲處叛徒沒有絲毫猶豫。當然，我們之間沒有叛徒。」

「我想，他一定曾經懲治過一些，而他們都罪有應得。」

那名長老再度猶豫了一下。「此地從來沒有出過叛徒，我們的父輩和祖輩也都沒有。可是其他世界卻曾經出現過，他們當然很快就被處死了。我們對這些事毫無興趣，因爲我們只是卑微貧苦的農民，對政治一點也不關心。」

他的聲音透著明顯的焦慮，同時每位長老都流露出不安的眼神。

普利吉用平穩的口氣問道：「你能否告訴我們，如何才能覲見你們的總督？」

這個問題立刻令長老們訝異不已。

過了好一陣子，原先那位長老才說：「啊，你們不知道嗎？總督明天就會駕臨此地。他一直在等你們，這是我們莫大的榮幸。我們……我們衷心希望，兩位能向他報告，說我們對他絕對忠誠。」

普利吉臉上的笑容幾乎僵住了。「在等我們？」

那位長老露出茫然的目光，輪流瞪視這兩名異邦人。「對啊……我們已經等了你們整整一星期。」

以這個世界的標準而言，他們下榻之處無疑是十分豪華的住宅。普利吉曾經住過更差的地方，程尼斯則對外界的一切都顯得漠不關心。

可是他們兩人之間，卻出現了一種前所未有的緊張關係。普利吉覺得需要做出決斷的時刻愈來愈近，卻又希望能再拖延一段時間。倘若先去見總督，會將這場賭博推到危險的邊緣，但是果眞贏了的話，收穫卻會因而豐碩無數倍。看到程尼斯輕輕皺起眉頭，牙齒咬著下唇，露出有些茫然的表情，他心中就冒起一股無名火。他厭倦了這種無聊的鬧劇，希望能趕快結束這一切。

他說：「我們的行動似乎被人料中了。」

「沒錯。」程尼斯答得很乾脆。

「你只會這樣說嗎？難道不能做一點更有用的建議？我們臨時起意來到這裡，卻發現那個總督在等我們。想必我們見到總督之後，他會說其實是達辛德人在等我們。這樣一來，我們這趟任務還有什麼用？」

程尼斯抬起頭，他的口氣毫不掩飾不耐煩的情緒。「他們只是在等我們，不一定知道我們是什麼人，以及我們有什麼目的。」

「你認為這些事瞞得過第二基地份子嗎？」

「也許可以。難道不可能嗎？你已經準備放棄了嗎？或許是我們在太空時，他們就發現了我們的星艦。一個國家在邊境設置前哨觀測站，有什麼不尋常的？即使我們是普通的異邦人，我們一樣會受到注意。」

「注意到這個程度，足以讓總督親自來探望我們，而不是我們去覲見他？」

程尼斯聳聳肩。「我們暫且不討論那個問題。先讓我們看看總督究竟是何方神聖。」

普利吉張大嘴巴，露出一副無精打采的愁容。整個情況變得愈來愈荒謬。

程尼斯繼續故作輕鬆地說：「至少我們知道了一件事。達辛德正是第二基地，否則上百萬件大大小小的證據都指錯了方向。這些本地人對達辛德懷有明顯的恐懼，這點你要如何解釋？我看不出有任何政治壓迫的跡象。他們的長老顯然可以自由集會，不會受到任何形式的干預。他們所提到的稅賦，我覺得一點都不苛刻，也根本沒有貫徹執行。這裡人人都在喊窮，可是個個身強體壯，沒有人面露饑色。雖然他們的房舍簡陋，他們的村莊也很原始，可是顯然都足敷需要。

「事實上，這個世界令我著迷。我從未見過比這兒條件更差的地方，可是我確信人民並沒有受苦，他們單純的生活剛好提供了和諧的快樂。在科技進步的世界上，在精明世故的人群中，這種快樂早已蕩然無存。」

「這麼說，你對田園生活充滿嚮往？」

「我沒有那個命。」程尼斯似乎對這個想法很感興趣，「我只是指出這些現象背後的意義。顯然，達辛德人是很有效率的管理者——這種效率和舊帝國或第一基地完全不同，甚至和我們的『聯盟』也不一樣。其他體制都把機械式效率強加在子民身上，因而犧牲一些無形的價值；達辛德人卻為他們同時帶來快樂和富足。他們的統治方式完全不同，你會看不出來嗎？這不是物理式的，而是心理式的統治。」

「真的嗎？」普利吉故意用嘲諷的口氣說：「那麼，長老們提到的那些令他們恐懼萬分的懲罰，竟然是由仁慈的心理學家所執行的？這點你又要如何自圓其說？」

「他們自己受到過懲罰嗎？他們只是說有人受過懲罰。彷彿恐懼已經深植他們心中，真正的懲罰反而從來沒有施行過。這種精神傾向已經在他們心中生根發芽，所以我能確定，這顆行星上沒有任何達辛德軍人。這一切，難道你看不出來嗎？」

「等我見到總督後，」普利吉冷冷地答道：「也許就能看出來了。對了，萬一是我們自己的精神遭到控制呢？」

程尼斯以赤裸裸的輕蔑口吻答道：「這種事，你應該早就習慣了。」

普利吉立刻臉色煞白，使盡力氣才轉過身去。當天，他們兩人沒有再做任何交談。

那是一個靜寂無風的寒夜。普利吉聽到程尼斯發出輕緩的鼾聲後，便開始悄悄調整手腕上的發射器，調到程尼斯接收不到的超波頻帶。然後他用指甲輕巧地敲擊發報鍵，開始與星艦聯絡。

不久之後，他就收到了答覆。那是一陣陣無聲無息的振盪，僅僅剛好超過人體觸覺的閾值。

普利吉問了兩次：「有沒有攔截到任何通訊？」

騾的敬愛，甚至曾經憎恨騾，那也只是可惡的幻覺。想到這種幻覺，他便羞愧不已。

可是，從來不曾有過痛苦。

與總督會面後，一切是否會重演呢？過去的一切——他效忠騾的那些日子、他這一輩子的人生方向——會不會與那個信仰「民主」的模糊夢境融爲一體？騾會不會也是一場夢，而他自始至終效忠的對象只有達辛德……

他猛然轉過身去。

一陣強烈的噁心湧上來。

然後，程尼斯的聲音在他耳邊響起：「將軍，我想這就是了。」

普利吉再度轉身。一位長老輕輕推開門，恭敬而嚴肅地站在門檻處。

他說：「達辛德領主們的代表，羅珊總督閣下，樂意接受你們的覲見，勞駕兩位跟我來。」

「當然。」程尼斯順手拉了拉皮帶，還調整了一下頭上的羅珊式頭巾。

普利吉咬緊牙根。眞正的賭博即將開始。

羅珊總督的外表看來並不令人畏懼。這主要是因爲他沒有戴帽子，稀疏的頭髮已逐漸由淡棕色褪爲灰白，爲他增添了幾許和氣。他的眉脊高聳，而被細密皺紋包圍的雙眼則顯得相當精明。剛剛刮過鬍子的下巴卻是輪廓平緩、稍嫌窄小，根據「面相學」這門僞科學的信徒公認的說法，那應該是屬於「弱者」的下巴。

普利吉避開了那雙眼睛，凝視著他的下巴。他也不知道這樣做是否有效——萬一眞有狀況的話。

總督的聲音聽來尖細而冷淡，他說：「歡迎來到達辛德，我們以平和之心歡迎兩位。你們用過餐了嗎？」

坐在U形桌前的他，揮了揮佈滿青筋、五指細長的右手，看來頗有帝王的架勢。一鞠躬之後，兩人隨即就坐。總督坐在U形桌底端的外側，他們坐在總督正對面，長老們則安安靜靜地坐在兩旁。

總督有一搭沒一搭地聊著，包括稱讚從達辛德進口的食物——事實上，與長老們的粗茶淡飯相比，即使不算略勝一籌，它也的確很不一樣。他又批評羅珊的氣候，並且刻意漫不經心地談到太空旅行的種種。

程尼斯的話很少，普利吉則一句話也沒有說。

最後，總督吃完一小盤水果盅，用餐巾擦擦嘴，便舒服地向後一靠。他那雙小眼睛閃爍著光芒。

「我查詢過你們的星艦。理所當然，我一定要提供最好的照顧和維修。不過我聽說，目前它下落不明。」

「沒錯。」程尼斯輕描淡寫地答道：「我們把它留在太空。那是一艘巨型星艦，足以在不甚友善的領域進行遠航。我們覺得如果降落此地，會給我們的和平意圖蒙上陰影。我們寧願手無寸鐵、單鎗匹馬地登陸。」

「這是友善的表現。」總督說得言不由衷，「你說，那是一艘巨型星艦？」

「回稟閣下，但它並不是戰艦。」

「哈，嗯。你們從哪裡來？」

「回稟閣下，我們來自聖塔尼星區的一個小世界。它微不足道，或許您根本沒有聽說過。我們希望為雙方建立貿易關係。」

「貿易，啊？你們準備賣些什麼？」

「回稟閣下，我們準備以各式各樣的機械，換取食物、木材、礦石……」

「哈，嗯。」總督似乎不怎麼相信，「我對這些事務並不熟悉。或許，我們可以做到互惠互利。不過，我得先詳細查驗你們的證件——因為進行貿易之前，必須先將一切資料呈交我方政府，你瞭解吧。等我查看過你們的星艦後，你們最好直接到達辛德去。」

由於對方並未回應，總督的態度明顯降溫。

「然而，我必須看看你們的星艦。」

程尼斯以冷淡的口吻說：「眞不巧，目前星艦正在進行整修。閣下若不介意再等四十八小時，它就能準備好了。」

「我可不習慣等待。」

這時候，普利吉的眼睛第一次接觸到對方憤怒的眼神，他的氣息則在體內輕輕爆開。一時之間，他覺得自己即將滅頂，好在即時轉移了目光。

程尼斯則不為所動，他說：「回稟閣下，四十八小時內，星艦實在無法降落。我們手無寸鐵來到此地，您能懷疑我們眞誠的意圖嗎？」

好長的一陣沉默之後，總督才粗聲道：「說說你們那個世界吧。」

這場晤談就這麼草草結束。接下來，就沒有什麼不愉快的場面了。總督盡完了自己的責任，顯然再也提不起任何興致，覲見儀式於是不了了之。

等到當天的行程完全結束後，普利吉回到下榻處，隨即展開自我評量。

他小心翼翼屏住氣息，開始「感覺」自己的情感。當然，對他自己而言，他似乎沒有什麼不同，可是話說回來，他會察覺到任何差異嗎？在騾令他「回轉」後，他曾經察覺到任何差異嗎？不是一切似乎都很自然，一切如常嗎？

他做了一個實驗。

抱著姑且一試的心情，他在內心深處的幽靜角落發出吶喊：「一定要找到並摧毀第二基地。」

隨之而來的是如假包換的恨意，其中毫無任何猶豫。

然後，他在心中悄悄將「第二基地」換成「騾」，伴隨的情感變化令他呼吸困難，舌頭打結。

目前爲止還好。

可是，他有沒有受到更微妙的操縱呢？有沒有更細微的改變呢？或許正是因爲這些改變扭曲了他的判斷，以致他根本偵測不出來。

根本沒有辦法分辨。

但是他仍然感到對騾百分之百忠誠！只要這點不變，其他一切其實都不重要。

他讓心靈再度展開行動。程尼斯正在室內另一個角落忙他自己的事，普利吉開始用拇指指甲撥弄腕上的通訊器。

而在接到回音時，他感到被一股輕鬆的暖流包圍，進而全身乏力。

他的面部肌肉並未背叛自己，但他在心中發出喜悅的歡呼。當程尼斯轉身面對他的時候，他知道這場鬧劇即將結束。

4′ 第四插曲

兩位發言者在路上擦肩而過，其中一位叫住另一位。

「我帶來第一發言者的口信。」

對方眼中閃著會意的光芒。「交會點？」

「是的！希望我們還能見到明天的日出！」

5　一人與騾

從程尼斯的一舉一動，看不出他是否知曉普利吉的態度以及他們兩人的關係都起了微妙的變化。他正靠在硬木長椅上，兩腳大剌剌地伸開。

「你看這個總督有什麼古怪？」

普利吉聳聳肩。「一點也看不出來。我認為他並沒有什麼特異的精神力量。倘若他真是第二基地的成員，也只是個非常差勁的角色。」

「你知道嗎，我認為他根本不是。我也不確定該如何解釋。假設你是第二基地份子，你又會怎麼做呢？」程尼斯顯得愈來愈深思熟慮，「假設你知道我們來此地的目的，你會如何對付我們？」

「當然是『回轉』。」

「跟騾的做法一樣？」程尼斯猛然抬起頭來，「假使他們已經令我們『回轉』，我們察覺得到嗎？我很懷疑。或許他們只是一群非常聰明的心理學家，卻沒有任何異能。」

「若是那樣，我想他們會盡快殺掉我們。」

「而我們的星艦呢？不對。」程尼斯搖了搖食指，「普利吉，老前輩，對方正在對我們故弄玄虛。這只有可能是故弄玄虛。縱使他們精通情感控制，我們——你和我——卻只是打頭陣的小卒。他們真正的敵人是騾，因此他們和我倆一樣小心謹慎。我相信，他們已經知道我倆的身分。」

普利吉冷冷地瞪著對方。「你打算怎麼辦？」

「等！」他迅速吐出這個字，「讓他們來找我們。他們投鼠忌器，也許是害怕上頭的星艦，但也有可能是顧忌騾。他們先派那名總督來唬人，可是不會成功，我們仍將按兵不動。他們下次派來的人，一定是眞正的第二基地份子，而他會主動和我們談判。」

「然後呢？」

「然後我們就達成協議。」

「我可不敢苟同。」

「因爲你認爲這麼做會出賣騾？不會的。」

「不，無論你多麼精明，騾都有辦法對付你這種吃裡扒外的行徑。但我仍然不敢苟同。」

「因爲你認爲我們無法智取第二基地？」

「或許吧。不過並不是這個原因。」

程尼斯目光下移，盯著對方手中的武器，然後繃著臉說：「你是說那玩意才是眞正的原因？」

普利吉揮了揮手中的核銃。「沒錯，你被捕了。」

「爲什麼？」

「因爲你背叛了聯盟第一公民。」

程尼斯緊緊抿著嘴。「到底是怎麼回事？」

「我說過了，你叛變！而我有責任制止這種行爲。」

「你的證據呢？你有什麼佐證或假設？或者只是做白日夢？你瘋了嗎？」

「我沒瘋，可是你呢？你以爲騾會平白無故，就派你這個乳臭未乾的小子執行一個可笑的、充門面的任務？當時我就覺得奇怪，但我不該浪費時間懷疑自己的判斷。他爲什麼會派你來？因爲你笑容可掬，穿著得體？因爲你才二十八歲？」

「或許因爲他信得過我。難道你不是在找合理的解釋嗎？」

「或許反而是因爲他信不過你。如今看來，這個解釋也極爲合理。」

「我們是在較量自相矛盾的敘述嗎？或者是在比賽誰的廢話字眼最多？」

核銃漸漸逼近，普利吉則在它後面。他挺立在年輕人面前，喝道：「站起來！」

程尼斯不慌不忙地依言照做。他感到銃口挨到自己的腰帶，但胃部肌肉並沒有開始抽搐。

普利吉說：「騾一心一意要找出第二基地，可是他失敗了，而我也始終未能成功。我們兩人都無法揭開的祕密，它一定隱藏得極好。所以，最後只剩下一個可行性——找一個已經知道那個祕密地點的人，來領導另一次的探索行動。」

「就是我嗎？」

「顯然正是。當然，起初我並不知道。不過雖然我的心智運作減緩，思考方向卻仍然正確。我們多麼容易就發現了『群星的盡頭』！你從『透鏡』的無數可能中，一下子就找到正確的像場，這簡直是奇蹟！接下來又是多麼幸運，我們觀測的正好就是正確的觀測點！你這個大笨蛋！難道你就如此低估我，以爲我會對你接二連三不可思議的好運，完全視若無睹嗎？」

「你的意思是我太成功了？」

「你若不是叛徒，連一半的成功都不可能。」

「因爲你對我的期望太低了？」

核銃又向前戳了一下。然而，程尼斯所面對的那張臉孔，卻只有森冷的目光顯露出逐漸升高的憤怒。「因爲你被第二基地收買了。」

「收買？」程尼斯以無比輕蔑的口氣說：「拿出證據來。」

且有相當程度的衝突。你說除了我，還有別人跟蹤你們，這究竟是什麼意思？」

普利吉突然插嘴道：「閣下，在我們的星艦上放置超波中繼器，是不是您的命令？」

騾將冷漠的雙眼轉向普利吉。「當然是我。整個銀河系，除了行星聯盟，還可能有別的組織擁有這種裝置嗎？」

「他說……」

「好啦，將軍，他在這裡。不需要由你轉述他的話。程尼斯，你剛才是不是說了些什麼？」

「是的，閣下，不過我顯然搞錯了。我本來以為，超波中繼器是第二基地的奸細放置的，而我們被引到這裡來，則是出於第二基地的陰謀，我正準備要反擊呢。此外，我還有一個感覺，將軍多多少少受到了他們的控制。」

「聽你的口氣，好像你現在不這麼想了。」

「恐怕我搞錯了。否則，剛才進門的就不會是您了。」

「好吧，那麼，讓我們來釐清這個問題。」騾脫去厚實且附有電熱裝置的外套，「你不介意我也坐下吧？現在——我們很安全，完全不必擔心有任何人闖進來。在這個冰封的星球上，所有的本地人都不會想靠近此地。這一點，我能向你們保證。」他用冷酷的語調，強調著自己的力量。

程尼斯故意表現出厭惡。「有什麼不可見人的？是不是有人會來奉茶，還會有舞孃出來表演？」

「大概沒有。年輕人，你的理論該怎麼解釋？你說第二基地份子正在追蹤你們，用的卻是只有我才擁有的裝置，還有——你說你是怎麼找到這個地方的？」

「閣下，這很明顯，為了解釋所有已知的事實，似乎只能說我的腦子被灌輸了一些概念……」

「也是那批第二基地份子幹的？」

「我想，不可能有別人。」

「那麼你並沒有想到，假如某個第二基地份子爲了自己的目的，因而強迫、驅策，或是誘騙你到第二基地自投羅網——我想你認爲他用的方法和我類似，不過我要提醒你，我能植入他人心中的只有情感，並不包括概念——反正，你並沒有想到，他如果能做到這種事，就大可不必用超波中繼器追蹤你。」

程尼斯猛然抬起頭來，被元首的大眼睛嚇得一陣心悸。普利吉則在喃喃自語，從鬆弛的肩膀上，看得出他已經不再緊繃。

「沒錯，」程尼斯答道：「我並沒有想到。」

「然而，假如他們不得不追蹤你，他們就不會有辦法左右你。而在不受支配的情況下，你不可能這麼順利地一路找來這裡。這一點，你想到過沒有？」

「也沒有。」

「爲什麼呢？難道說你的智力突然降低了那麼多嗎？」

「閣下，我現在只能以一個問題來答覆您。您是否也要加入普利吉將軍的陣營，跟他一起來指控我是叛徒？」

「如果答案是肯定的，你能爲自己辯護嗎？」

「我唯一的辯解，剛才已經對將軍說過了。假使我真是叛徒，知道第二基地的下落，您就可以令我『回轉』，直接從我心中探得那個祕密。倘若您認爲有需要追蹤我，那就代表我在事先並不知情，因此絕不是叛徒。我準備用這個矛盾，來答覆您提出的矛盾。」

「那麼你的結論呢？」

「我並不是叛徒。」

「這點我必須同意，因爲你的論證無懈可擊。」

「那麼我可否請問您，爲何要暗中跟蹤我們？」

「因爲對於所有的已知事實，其實還有第三種解釋。你和普利吉兩人，都分別以個人觀點解釋了部分事實，但並非全部。而我——如果你們願意花點時間聽我說——可以把一切解釋得很圓滿。我盡量長話短說，以免你們聽得不耐煩。坐下來，普利吉，把你的核銃交給我。我們不會有危險，不論屋裡屋外，都不會再有人想攻擊我們。事實上，連第二基地也不會了。程尼斯，這都是你的功勞。」

室內的照明是羅珊通用的電力白熾燈。孤單單的一個燈泡吊在天花板上，昏黃的燈光映出三道人影。

騾說：「既然我感到有必要追蹤程尼斯，顯然我期待能有所收穫。由於他以驚人的速度直奔第二基地，我們可以合理地假設，那正是我所期待的結果。但我並沒有直接從他那裡獲得任何情報，所以一定有什麼東西阻止了我。事實便是如此。當然，程尼斯知道眞正的答案，而我也知道。普利吉，你懂了嗎？」

普利吉頑固地說：「閣下，我不懂。」

「那麼讓我來解釋一下。能夠知道第二基地的位置，又能不讓我刺探到的，其實只有一種人。程尼斯，恐怕你並不是叛徒；事實上，你就是第二基地份子。」

程尼斯雙肘撐在膝蓋上，身子向前傾，從憤怒而僵硬的嘴唇中吐出一句話：「您有什麼直接證據？演繹式的推論今天已經兩度觸礁。」

「程尼斯，我當然也有直接證據，這相當簡單。我曾經告訴你，我的手下被人暗中動了手腳。這項陰謀的主使者，顯然必須是（一）非回轉者，（二）與事件中心極爲接近的人。這個範圍雖然很大，卻並非沒有界限。程尼斯，你一向太成功了。大家都太喜歡你，你的一切太順利了。所以我懷疑——

「於是我徵召你主持這次的遠征，而你並沒有拒絕。我趁機觀察你的情感，發現你並未感到困擾。程尼斯，你的胸有成竹表演得太過火了。面對這麼重大的任務，任何一個正常人，不論他的能力多強，都難免會有幾絲猶豫。你心中完全沒有這種反應，這代表你若不是白癡，就是受到外力的控制。

「想知道眞相其實很簡單。我趁你鬆懈的時候，突然一把抓住你的心靈，並在同一瞬間注入悲痛的情緒，隨即又將它釋放。而你馬上顯露出憤怒，配合得天衣無縫，我可以發誓那是一種自然反應，但那只是我最初的想法。因爲當我左右你的情感時，在你壓抑住眞正的反應之前，有那麼一刹那，你的心靈曾試圖反抗。這正是我想要知道的反應。

「沒有任何人能夠反抗我，即使是那麼短暫的瞬間，除非他具有和我類似的精神控制力。」

程尼斯的聲音低沉而苦澀。「哦，是嗎？那又怎麼樣？」

「那就代表你死定了——因爲你的確是第二基地份子。你必須被處決，我相信你早就知道。」

程尼斯又看到一把指著自己的核銃。然而這次控制銃口方向的，並非他輕而易舉就能左右的普利吉，而是一個與他一樣成熟、一樣強固的心靈。

他能用來扭轉局勢的時間卻少之又少。

接下來發生的事，實在是難以用文字描述。因爲筆者與常人無異，只具有普通的感官，而且沒有控制他人情感的能力。

簡單地說，在騾的拇指即將扣下扳機的一瞬間，程尼斯心中轉了無數的念頭。此時，騾的心靈被堅毅果斷的決心所佔據，絕不會有半分猶豫。從騾決心扣下扳機，到高能光束射中目標，程尼斯事後若有興趣計算一下，會發現可資利用的時間僅有五分之一秒。

只有那麼一點點時間。

在那麼短暫的時間裡，騾發覺程尼斯大腦的情感勢能陡然高漲，自己的心靈卻並未感受到任何衝擊。與此同時，一股純粹而令人顫慄的恨意，從另一個意想不到的方向襲來。

正是這個新來的情緒，將他的拇指從扳機旁彈開。除此之外，再也沒有任何力量能做到這一點。而幾乎在他改變動作的同時，他也完全體認到一個新的情勢。

就戲劇觀點而言，應該用定格畫面來處理這個重大變化。且先說騾，他的拇指離開了核銃，雙眼仍舊緊盯著程尼斯。再說程尼斯，他渾身緊繃，還不太敢張口喘氣。最後再說倒在椅子裡的普利吉，他全身痙攣，每一塊肌肉都在拚命抽搐，每一條肌腱都扭曲變形；訓練有素的木然臉孔化作一張死灰的面具，上面佈滿可怕的恨意。他的雙眼則緊緊地、直直地、目不轉睛地盯在騾身上。

程尼斯與騾只交換了一兩個字——僅僅一兩個字，對他們這種人而言，就能完全表露情感與意識，足以達到相互瞭解與溝通的目的。但由於我們先天的限制，想要敘述這段經過，必須將他們交換的訊息翻譯成文字，包括已經進行過的，以及即將進行的「對話」。

程尼斯緊張地說：「第一公民，你現在是腹背受敵。你無法同時控制兩個心靈，因為我是其中之一——所以你得做出選擇。普利吉已經脫離『回轉』狀態，我打開了他的心靈枷鎖。他現在又是當年的普利吉，是那位將你視為自由、正義和一切神聖事物的公敵，那位曾經試圖行刺你的普利吉。此外他也知道，在過去五年間，你把他貶為一條搖尾的走狗。我暫且壓制住他的意志，不讓他有所行動，可是假如你殺了我，就沒有人控制他了。在你根本來不及將銃口轉向，甚至將精神力量轉向之前——他就會把你解決。」

騾相當瞭解目前的情勢，因此他紋風不動。

程尼斯繼續說：「倘若你轉移精神力量去控制他或殺掉他，或是做出任何行動，你就來不及再回過頭阻止我。」

騾仍舊沒有任何動作，只是輕輕嘆了一口氣。

「所以說，」程尼斯道：「拋開核銃吧。讓我們兩人公平對決，你可以把普利吉要回去。」

「我犯了一個錯誤。」騾終於開口：「我在面對你的時候，不該讓第三者在場。這樣做，引進了太多變數。我想，我必須為這個錯誤付出代價。」

他隨手將核銃拋到地上，又將它踢到房間另一端。與此同時，普利吉癱成一團沉沉睡去。

「他清醒後，便會恢復正常。」騾輕描淡寫地說。

從騾準備按下扳機，到他丟棄核銃為止，整個情勢的逆轉，只經過了一點五秒的時間。

但是在騾的潛意識邊緣，程尼斯及時發現一絲飄忽的情緒。那仍舊是信心十足的得意之情。

「除非你能體驗那個垂死帝國當年的學術氣氛，否則不可能瞭解其中的道理。至少在思想上，那是個宏偉的大時代，各式各樣的思潮百家爭鳴。當然，當時已有文化傾頹的徵兆，因爲帝國已經開始防堵思想進一步的發展。謝頓之所以能聲名大噪，正是因爲他和那些學術絆腳石抗爭到底。他釋放的最後一點創造性火花，不但輝映著第一帝國的落日殘照，更預示了第二帝國的旭日初升。」

「非常戲劇化。後來呢？」

「因此，他根據心理史學的定律，親手創立了兩個基地。可是他比任何人更清楚，那些定律並非絕對的。他自己沒有做出任何成品，只有退化的心靈才需要成品。他的心血結晶是一種不斷演化的機制，而第二基地正是演化的原動力。我們——短命行星聯盟的第一公民，我告訴你——我們才是謝頓計畫的守護者。我們才是！」

「你想拿這些話爲自己壯膽嗎？」騾用輕蔑的語氣問：「還是你想要說服我？無論是第二基地、謝頓計畫或第二帝國，我一概不屑一顧；它們無法激起我一點點的同情、憐憫、責任感，或是任何你試圖投射給我的情感。從現在開始，可憐的傻子，你得用過去式來描述第二基地，因爲它被摧毀了。」

當騾站起身來，向對方走近時，程尼斯發覺壓迫自己心靈的情感勢能陡然增強。他拚命抵抗，卻感到體內有什麼東西在爬動，在無情地敲擊與扭攪他的心靈。

他發覺自己已經背對著牆壁，而騾就在他面前，皮包骨的雙臂叉在腰際，嘴唇在碩大無比的鼻子下扯出一個可怖的笑容。

騾又開口說：「程尼斯，你的遊戲該結束了。你們這些人——所有那些曾經隸屬第二基地的人，都已經是過去式！過去式！

「你在此地等待了那麼久，你對普利吉喋喋不休，差點不動一根指頭就把他擊倒，搶走他的核銃。你其實是在等我，好讓我來到時不至於太起疑，對不對？

「只可惜我根本不必起疑。第二基地的程尼斯，我早就看穿你，徹底看穿你了。

「但你現在又在等什麼呢？你仍舊拚命對我滔滔不絕，好像能用聲波把我禁錮在椅子上。而你在說話的時候，心中從頭到尾都在等待、等待、等待。可是根本不會有任何人到來，你所等待的人——你的盟友一個也不會來。程尼斯，你落單了，這種情況永遠不會改變。你知道為什麼嗎？

「因為你的第二基地對我完全估計錯誤。我早就知道他們的計畫：他們以為我跟蹤你到了這裡，就可以讓他們任意宰割。你的確是一個誘餌，用來引出這個可憐、愚蠢、孱弱的突變種——他是多麼熱衷於建立一個帝國，因而對腳下明顯的陷阱視而不見。可是，我現在是他們的階下囚嗎？

「我不知道他們有沒有想到，無論我到哪裡，幾乎都有艦隊跟隨。面對我的艦隊，不論是哪一支，他們都完全束手無策。也不知道他們有沒有想到，我不會為了談判而按兵不動或靜觀其變。

「十二個小時前，我的艦隊已經開始對達辛德發動攻擊，他們的任務執行得相當、相當徹底。達辛德如今已是一片焦土，人口集中地區全被夷為平地。根本沒有出現任何抵抗。程尼斯，第二基地已經不復存在——而我，我這個醜怪孱弱的畸形人，終於成為全銀河的統治者。」

程尼斯唯有緩緩搖頭嘆息。「不可能——不可能——」

「可能——可能——」騾模仿著他的語氣，「你很可能是最後一名倖存者，卻也活不了多久了。」

接著，出現了一陣短暫而意味深長的停頓。忽然間，程尼斯感到心靈深處被貫穿了，隨之而來的是一陣撕心裂肺的痛楚，令他幾乎發出呻吟。

騾及時收回精神力量，喃喃說道：「不夠，你並沒有通過測驗。你的絕望是裝出來的。你的恐懼感不夠強烈，那並非理想破滅該有的反應，只是個人面對生死關頭的微弱恐懼。」

騾伸出瘦弱的手掌，輕輕扼住程尼斯的喉頭，程尼斯偏偏無法掙脫。

「程尼斯，你是我的保障。萬一我低估了任何事，你可以提醒我，還能夠保護我。」騾的雙眼向下凝視他，堅決地要得到答案。

「程尼斯，我的計算都正確嗎？我是否智取了你們第二基地的人馬？達辛德被摧毀了，程尼斯，徹徹底底摧毀了，但你的絕望為何還是假裝的呢？眞相究竟是什麼？我一定要知道眞相和實情！說話，程尼斯，說話啊。是不是我洞察得還不夠透徹？危險依然存在嗎？程尼斯，你說話啊。我到底做錯了哪一點？」

程尼斯感到一字一句從口中扯出來，完全違背自己的意願。他咬緊牙關，咬住舌頭，還繃緊了喉嚨的每一根神經。

那些話仍舊脫口而出。他大口喘著氣，任由那股力量拉扯著他的喉嚨、舌頭、牙齒，一路將那些話硬扯了出來。

「眞相是，」他尖聲道：「眞相——」

「對，眞相。我還有什麼沒做到的？」

「謝頓將第二基地設在這裡。我早就說是這裡，我並沒有說謊。當初那些心理學家來到這個世界，控制了本地的居民。」

「達辛德嗎？」騾再度深入對方翻騰而痛苦的心靈，毫不留情地肆意翻找。「我已經毀滅了達辛德。你知道我要什麼，快告訴我。」

「不是達辛德。我說過，第二基地份子也許不是表面上的掌權者：達辛德只是傀儡……」這些話說得含混不清，每個字都違背了這位第二基地份子的心意。「羅珊……羅珊……羅珊才是你要找的世界……」

騾鬆開手，程尼斯馬上痛苦地縮成一團。

「你原來想要騙我嗎？」騾輕聲地說。

「你的確上當了。」這是程尼斯最後一點垂死的反擊。

「可是你們並沒有爭取到足夠的時間。我一直和我的艦隊保持聯絡。解決了達辛德之後，下一個目標就是羅珊。不過首先——」

程尼斯感到令人無法忍受的黑暗撲天蓋地而來，他自然而然伸出手臂，擋在痛苦不堪的雙眼之前，卻無法阻擋這波攻勢。這片黑暗幾乎令他窒息，他還覺得受創的心靈蹣跚地向後退，退到永恆的黑暗中——那裡有個得意洋洋的騾，好像一根開懷大笑的火柴棒，又粗又長的鼻子在笑聲中不停搖擺。

笑聲不久便逐漸消退，只剩下黑暗緊緊擁抱著他。

直到另一種感覺突然迸現，彷彿是一道鋸齒狀的強烈閃電，才終於驅走無邊的黑暗。程尼斯漸漸清醒過來，視覺也慢慢恢復，噙著淚水的雙眼已能看到一個模糊的影像。

頭痛簡直令他無法忍受，而他必須承受著巨大的痛楚，才能將一隻手抬到頭部。顯然，他還活著。他的思緒像一團被氣流捲起的羽毛，此時又緩緩落向地面，終於再度恢復靜止。他感到體內充斥一股舒暢的暖流——那是從外面鑽進來的。他強忍著巨痛，試著慢慢扭動頸部，卻又帶來一陣錐心刺骨的痛楚。

現在門又打開了；第一發言者已經進入室內，站在門檻旁邊。程尼斯想要說話，想要大叫，想要發出警告——舌頭卻僵住了，這才知道騾的威猛心靈仍未完全放開他，仍然箝制住他的發聲器官。

程尼斯再度轉動頸子。騾依舊在屋內，雙眼冒出怒火。他不再張口大笑，卻露出牙齒，展現一個猙獰的笑容。

程尼斯感覺到，第一發言者的精神力量正在他心中輕輕挪動，爲他療傷止痛。可是不久之後，它就遇到騾的防禦，只經過短暫的纏鬥便被擊退，一陣痲木感再度襲向程尼斯。

怒火充滿騾的瘦弱身軀，使他看來更加醜怪。他咬牙切齒地說：「又有一個人來歡迎我。」他的心靈伸出靈巧的觸鬚，一直伸到室外，並且繼續延伸——延伸——

「你是單槍匹馬來的。」他說。

第一發言者點了點頭。「我絕對只有一個人。我確有必要這麼做，因爲五年前，是我對你的未來計算錯誤。所以我有個小小的心願，那就是由我自己獨力扭轉局勢。不幸的是，我沒想到你佈下的『情感禁制場』威力如此強大，花了我好多時間才破解。你有這般能耐，實在可喜可賀。」

「我可不領情。」騾以兇狠的口氣答道：「你少來這一套。你到這裡來，是不是要用你那少得可憐的精神力量，援助你們這位即將崩潰的棟樑之才？」

第一發言者微微一笑。「哈，你稱之爲拜爾．程尼斯的這個人，已經圓滿達成任務，由於他的精神力量遠不及你，他的表現更加難能可貴。當然，我看得出來，你讓他吃了不少苦頭，即使如此，或許我們還是有辦法使他完全康復。閣下，他是個勇敢的人。這個任務是他自願的，雖然事前我們用數學推算出來，他的心靈受創的機會極大——這種下場比單純的肉體殘廢更可怕。」

程尼斯在心中拚命掙扎，他想要說話，想要大聲發出警告，可是偏偏做不到。他唯一能發出的只有恐懼——持續不斷的恐懼——

騾顯得很冷靜。「你當然知道達辛德被毀滅了。」

「我知道，我們早已預見你的艦隊會發動攻擊。」

騾改以冷酷的聲音說：「是的，不出我所料。可是你們未能阻止，嗯？」

「沒錯，未能阻止。」第一發言者發出清晰的情感訊息符號，幾乎全然是自怨自責與噁心憎惡的情緒。「對於這個錯誤，我必須承擔比你更大的責任。五年前，誰能夠想像你的力量會這麼大？我們從一開始——當你攻下卡爾根的那一刻——就懷疑你擁有控制情感的能力。這點並不令我們驚訝，第一公民，我現在就能解釋給你聽。

「像你我所擁有的這種精神力量，其實不是什麼嶄新的異能。事實上，它始終潛伏在人類的大腦。大多數的人都能察覺他人最表層的情感，例如根據面部的表情、說話的語氣等等。許多動物在這方面的天賦更高，牠們使用嗅覺的本領出神入化，當然，牽涉到的情感則較爲簡單。

「人類這方面的潛力其實極大，可是一百萬年前，隨著語言的發展，情感直接接觸的機能逐漸萎縮。我們第二基地最大的成就，就是喚醒這個沉睡的感官，使它至少恢復到某種程度。

「可是我們並非天生具有這些能力。百萬年的退化是個艱難的障礙，我們必須鍛鍊這種感官，就像鍛鍊自己的肌肉一樣。就這點而言，你得天獨厚。你的能力是與生俱來的。

「以上這些，我們都有能力計算出來。因此，我們也能計算出一個具有這種能力的人，在普通人的世界裡所造成的效應。就好像明眼人到了盲人國那樣——我們算出誇大狂心態對你的影響程度，認爲我們已經有所準備。但是，我們忽略了兩個重要因素。

「第一，你的精神力量有效範圍極廣。我們的精神接觸，只能在目力所及的範圍內施行，因此面對普通武器的時候，我們比你想像中更加無助。因爲視覺扮演一個極重要的角色。而你卻沒有這種限制，我們現在已經確定，你不但能以精神力量控制他人，而且在視覺和聽覺範圍之外，仍然能和他們維持密切的情感聯繫。這一點，我們發現得太晚了。

「第二，我們原本不知道你有肉體上的缺陷，尤其是你把這個缺陷看得那麼嚴重，甚至因此自稱爲『騾』。我們未曾預見你不僅是突變種，還是沒有生殖能力的突變種，而且忽略了你的自卑感所引發的異常心理。我們只是準備對付一名誇大狂，而不是精神嚴重錯亂的偏執狂。

「我自己應該對這些失算負全部責任，因爲當你攻陷卡爾根的時候，我已經是第二基地的領導者。在你打垮第一基地之後，我們終於發現一切眞相——不過爲時已晚——由於這個錯誤，導致達辛德數百萬人送了命。」

「你現在打算扭轉乾坤嗎？」騾的兩片薄唇扭曲著，內心則洶湧著恨意。「你準備怎麼做？把我養胖？幫我恢復男性雄風？將淒慘的童年從我的過去一筆勾銷？你同情我的遭遇嗎？你爲我的不幸感到難過嗎？對於我不得不做的事，我一點都不懊悔。當我最需要保護的時候，整個銀河系沒有半個人伸出援手，現在就讓銀河盡力自衛吧。」

「你的這些情緒，」第一發言者說：「當然是過去的背景造成的，我們不應苛責——只該設法改變。達辛德的毀滅是無可避免的。否則另一個結果，是整個銀河系遭到更嚴重的破壞，而且會持續數個世紀。我們已經在能力範圍內盡了最大的努力。我們盡可能撤離達辛德的居民，無法撤走的也盡量疏散。可惜的是，我們做到的比眞正需要的少得太多，害得數百萬人因而喪生——你不覺得遺憾嗎？」

「一點也不會——六小時內，羅珊的十萬居民也全會死光，而我一樣毫不遺憾。」

「羅珊？」第一發言者迅速問道，並轉身面向程尼斯。

程尼斯勉力維持著半坐的姿勢，運用精神力量苦撐著。他覺得有兩個心靈在自己身上決戰，接著感到精神枷鎖崩開了一瞬間，口中立刻吐出一大串話：「發言者，我徹底失敗了。在您抵達之前十分鐘，他逼我說出了眞相。我無力抵抗他，這都是我的錯。他已經知道達辛德不是第二基地，他已經知道羅珊才是。」

精神枷鎖重新閉合，再度將他緊緊困住。

第一發言者皺著眉說：「我懂了。你現在計畫怎麼做？」

「你眞的不知道嗎？你眞的看不透這麼明顯的事實嗎？剛才你在對我說教，告訴我情感接觸的本質，用誇大狂、偏執狂等等字眼罵我的時候，我其實正忙著呢。我一直和我的艦隊保持聯絡，而他們已經接到命令。六小時後，除非有什麼原因讓我收回成命，他們會開始轟炸整個羅珊，只留下這個小村莊，以及周圍一百平方哩的範圍。他們會徹底執行任務，然後全部降落此地。

「你還有六個小時，而在這六小時中，你無法擊倒我的心靈，也不能拯救整個羅珊。」

騾攤開雙手，再度發出狂笑，第一發言者則似乎無法接受這個新的情勢。

他說：「另一條路呢？」

「爲什麼一定要有另一條路？另一條路對我絕對沒有好處。我該心疼羅珊居民的性命嗎？或許，假如你們允許我的星艦安然降落，而且你們全部——第二基地所有的人馬——都置於我的精神控制之下，讓我感到滿意，我會考慮撤回轟炸的命令。能掌握這麼多高智力的頭腦，想必是很值得的事。不過這樣做可能得花很大的力氣，或許根本得不償失，所以我並不特別希望你會同意。第二基地份子，你怎麼說呢？你究竟有什麼武器，能夠對付一個至少和你旗鼓相當的心靈，以及你做夢也想不到的強大艦隊？」

「我有什麼武器？」第一發言者慢慢將這個問題重複一遍，「我什麼都沒有——除了一點點——一點點連你也不知道的情報。」

「那就快說，」騾哈哈大笑，「說得天花亂墜吧。即使你是一條泥鰍，這回也逃不出我的掌心。」

「可憐的突變種啊，」第一發言者說：「我根本就不想逃。問問你自己——為什麼拜爾·程尼斯會被送到卡爾根當誘餌？拜爾·程尼斯雖然既年輕又勇敢，可是他的精神力量跟你相比，和這位正在呼呼大睡的軍官漢·普利吉也差不多。為什麼我不親自出馬，或者選派我們其他的領導者，那些和你勢均力敵的人，來執行這項任務呢？」

「或許，」騾以萬分的信心答道：「你還沒有笨到那種程度。可能你也明白，你們沒有一個是我的對手。」

「真正的理由其實更合邏輯。你知道程尼斯是第二基地份子，他沒有能力瞞過你這一點。此外，你也知道他不是你的對手，所以不怕將計就計，索性依照他的計畫跟蹤至此，以便最後反過來制住他。假使當初是我去卡爾根，由於我會對你構成眞正的威脅，你很可能會殺掉我。即使我將身分隱藏得很好，因而保住性命，也很難讓你從太空一路跟蹤我到這裡。正是因為你覺得勝券在握，才會被引誘出來。假使你留在卡爾根，在你的人馬、你的武器、你的精神力量重重保護之下，第二基地傾全力也動不了你一根汗毛。」

「老泥鰍，我的精神力量仍舊存在。」騾說：「而我的人馬、我的武器也並非遠在天邊。」

「完全正確，但是你並不在卡爾根。你如今身在達辛德王國境內，而你以爲達辛德就是第二基地，認爲一切都合情合理。這是我們精心策劃的結果，因爲你是個精明至極的人物，第一公民，你只相信合乎邏輯的事。」

「說得很對，但那只能讓你們暫時得意一下。我還有時間從你們的程尼斯口中挖掘出眞相，而我也至少還有頭腦，知道這種眞相應該存在。」

「不過我們這一方，並非那麼狡詐的一方，已經料到你會採取這個行動，所以特別爲你準備了拜爾．程尼斯。」

「那我確定他有負所託，因爲我將他的腦子掏得一乾二淨。他的心靈在我腳下顫抖，對我完全開放、完全赤裸。當他說羅珊就是第二基地的時候，說的是百分之百的實話。我已經把他的心靈整個攤開輾平，檢視了每一個微觀的隙縫，再小的謊言也無所遁形。」

「非常正確，比我們預料中的還要好。我已經對你說過，拜爾．程尼斯是一名志願者。你知道他志願做的是什麼事嗎？在他到卡爾根去投效你之前，接受了一種徹底的心靈改造手術。你認爲這樣做能不能瞞得過你？假使拜爾．程尼斯未曾接受手術，你以爲他有可能騙得了你嗎？其實，拜爾．程尼斯自己也被蒙在鼓裡，不過那是必須的，也是他自願的。在心靈的最深處，拜爾．程尼斯老老實實地相信羅珊就是第二基地。

「三年來，我們第二基地在達辛德王國佈置的這一切，就是爲了等你自投羅網。我們已經成功了，對不對？你找到達辛德，進而又找到羅珊——到此爲止，線索就斷了。」

騾猛然站起來。「難道你敢說，羅珊也不是第二基地？」

倒在地上的程尼斯，感到第一發言者傳來一股力量，將他的精神枷鎖完全扯裂。他一躍而起，不可置信地大吼道：「您說羅珊並不是第二基地？」

他所有的記憶，心中的各種知識，一切的一切——此時全部混淆不清，模模糊糊地繞著他打轉。

第一發言者微微一笑。「第一公民，你看，程尼斯像你一樣煩亂。當然，羅珊並不是第二基地。我們難道瘋了嗎，竟然會引領我們最強大、最危險的敵人，來到我們自己的世界？喔，不會的！

「第一公民，倘若你執迷不悟，就讓你的艦隊來轟炸羅珊吧。讓他們盡力摧毀一切吧。因爲他們頂多只能殺掉程尼斯和我自己——可是這樣做，絲毫無法改善你目前的處境。

「第二基地的遠征軍早在三年前就來到羅珊，一直以本村長老的身分在活動，而他們昨天已經離開此地，正在前往卡爾根途中。當然，他們會避開你的艦隊，而且至少能比你早一天到達卡爾根，因此我敢把一切都告訴你。除非我收回成命，否則等你回到卡爾根，將會面對一個叛亂四起、四分五裂的帝國，只剩隨你來這裡的艦隊會繼續效忠。他們絕不可能以寡敵衆。此外，第二基地的人馬將滲入你的後備艦隊，確保你無法將任何人重新『回轉』。突變種，你的帝國完了。」

騾緩緩垂下頭，憤怒與絕望佔滿他的心靈。「是的。太晚了——太晚了——現在我懂了。」

「現在你懂了，」第一發言者附和著，「現在你又不懂了。」

騾的心靈因絕望而門戶大開，第一發言者早已蓄勢待發，趁著這個千載難逢的機會立刻鑽進去。他只花了萬分之一秒的時間，就順利完成對騾的改造。

騾抬起頭來，問道：「那麼我應該回卡爾根去？」

「當然。你感覺如何？」

「感覺非常好，」他皺起眉頭，「你是誰？」

「有什麼關係嗎？」

「當然沒有。」他拋下這個念頭，拍拍普利吉的肩膀。「醒醒，普利吉，我們要回家了。」

兩小時後，拜爾．程尼斯終於覺得行動自如了。他說：「他不會再想起來嗎？」

「永遠不會。他會保有他的精神力量以及他的帝國——但是他的動機完全改變了。第二基地這個概念如今成爲一片空白，而他也變成一位和平主義者。而且從今以後，他會比以前快樂得多，就這樣度過他的餘生。由於身體機能失調，他沒有幾年好活了。然後，一旦他死了，謝頓計畫便會繼續——總會繼續下去的。」

「這麼說的話，」程尼斯追問：「羅珊眞的不是第二基地？我可以發誓——我告訴您，我明明知道。我可沒有精神錯亂。」

「程尼斯，你沒有精神錯亂，正如我所說，你只是被改造了。羅珊並不是第二基地。走吧！我們也該回家了。」

6′　最後插曲

拜爾．程尼斯坐在貼滿白色瓷磚的小房間中，讓心靈完全放鬆。對於目前的生活，他感到相當滿意。房間裡有牆壁、有窗戶，外面還有草地。它們卻沒有名字，它們只是「東西」。室內還有一張床，一把椅子，床腳的螢幕則呆板地放映著書籍的內容。護士每天進來幾回，為他送來食物。

起初，他並未試圖將聽到的零星聲音拼湊起來，例如下面兩個人的對話。

其中一個人說：「現在的症狀是完全的失語症。這表示清理乾淨了，我想他沒有受到什麼傷害。接下來需要做的，只是將他原來的腦波記錄輸回去。」

他把那些聲音硬背下來。不知道為什麼，那些聲音好像十分特殊——似乎代表某種意義。可是又何必操這個心呢？

還不如乖乖躺在這個「東西」上面，看著前方那個「東西」的色彩變幻。

然後有一個人走進來，對他做了一件事。於是他沉沉睡去，睡了很久很久。

醒來之後，「床」突然就是「床」了。他知道自己在醫院裡，硬記的那些聲音也都有了意義。

他坐起來，問道：「發生了什麼事？」

第一發言者就在旁邊，他說：「你在第二基地，你的心智，你原來的心智，已經恢復了。」

「是的！是的！」程尼斯想起了自己是誰，因而感到無比的驕傲與喜悅。

「現在告訴我，」第一發言者說：「你知道第二基地在哪裡嗎？」

眞相如巨浪般洶湧而來，程尼斯卻沒有立即回答。像當年的艾布林．米斯一樣，他只是體會到一陣巨大而令人麻木的驚愕。

最後他終於點點頭，說道：「銀河衆星在上——現在，我知道了。」

第二篇：基地的尋找

艾卡蒂．達瑞爾：小說家，生於基地紀元三六二年一月五日，卒於基地紀元四四三年十一月七日。雖然艾卡蒂．達瑞爾的作品以小說為主，傳世之作卻是她為祖母貝泰．達瑞爾所寫的傳記。這本傳記根據第一手資料寫成，數世紀以來，一直是關於騾以及那個時代的權威資料……與著名的小說《未歸檔的記憶》一樣，她所寫的《一而再，再而三》生動地反映卡爾根社會在「大斷層」早期的繁華生活。據說，那是根據她少年時期親訪卡爾根的見聞寫成……

——《銀河百科全書》

在我們的歷史上，從未出現過如今這種大好的情勢。舊帝國完全滅亡了，而騾的統治則結束了軍閥割據的局面。銀河外圍大多數地區，都過著文明而承平的日子。

更重要的是，基地內部也比往昔健全許多。淪陷前的世襲市長專制時代結束了，基地再度恢復早期的民主選舉。銀河中再也沒有持異議的獨立行商世界，也不再有大量財富集中於少數人之手的不均與不公。

因此之故，我們沒有理由畏懼失敗，除非第二基地眞對我們構成威脅。不過那些抱持這種想法的人，除了茫然的畏懼與迷信，無法提出任何證據。我認爲，我們對自己、對國家、對偉大謝頓計畫的信心，定能驅散心中任何的疑慮，

所以我說——

（嗯——嗯。這是可怕的陳腔濫調，不過作文的結尾總得寫點這種東西。）

寫到這裡，〈謝頓計畫的展望〉又不得不暫停，因爲玻璃窗發出了輕微的敲擊聲。當艾嘉蒂婭撐著椅子扶手引頸而望時，竟然發現自己和窗外的一張笑臉遙遙相對。那是一名男子的臉孔，被豎在嘴唇上的食指分成兩半，看來十分滑稽。

艾嘉蒂婭只頓了一下，便及時換上一副茫然的表情。她從扶手椅上爬下來，走到大窗台前的沙發旁，然後跪在沙發上，若有所思地瞪著窗外。

那張臉孔上的笑容很快消失了。那人一隻手緊抓著窗台，連指節都已泛白，另一隻手則迅速做了一個手勢。艾嘉蒂婭立即會意，按動了一下開關，玻璃窗下方三分之一隨即滑進牆壁。春天溫暖的空氣立刻飄進室內，與空調的空氣混合起來。

「你不能進來。」她裝模作樣，洋洋得意地說：「窗子都加裝了防盜幕，只認得住在這裡的

人。如果你鑽進來，各式各樣的警鈴都會鈴聲大作。」她頓了一頓，又補充道：「你這樣踩著窗戶下的台子，身手一點也不高明。一個不小心，你就會摔斷那根不值錢的脖子，還會壓壞好些珍貴的花朵。」

「既然這樣，」窗邊那個人也正在擔心這件事——但認爲那兩個形容詞應該交換一下。「你能不能關掉防盜幕，讓我爬進去？」

「你苦苦哀求也沒用，」艾嘉蒂婭說：「你也許闖錯了地方，因爲我可不是那種隨便的女孩，這麼晚還會讓陌生男子鑽進她們……鑽進她的臥室。」在說這句話的時候，她的眼瞼微微下垂，露出一個性感的表情——或者應該說，模仿得過分維妙維肖。

年輕男子臉上的頑皮神色早已消失無蹤。他喃喃道：「這裡是達瑞爾博士的住宅，對不對？」

「我爲什麼要告訴你？」

「喔，銀河啊——再見——」

「年輕人，如果你跳下去，我馬上按警鈴。」（『年輕人』是她故意選用的諷刺字眼，用來表現自己的世故與練達。因爲看在艾嘉蒂婭精明的眼裡，這傢伙顯然有三十幾歲——事實上，實在很老了。）

僵持了一會兒，那人硬邦邦地說：「好吧，姑娘，我問你，你不准我待在這裡，又不准我走，到底想要我怎麼做？」

「我想，你可以進來。達瑞爾博士的確住在這裡。我來關掉防盜幕……」

「年輕人」先探頭看了看，才小心翼翼將右手伸進窗內，再一挺身鑽進屋子。他氣呼呼地使勁拍打膝蓋上的灰塵，又抬起通紅的臉孔對著艾嘉蒂婭。

「萬一被人發現我在這裡，你確定你的人格和名譽不會受損嗎？」

「你的人格和名譽才會一敗塗地呢，因爲只要聽到外面有腳步聲，我就會立刻大喊大叫，說你強行闖進我的房間。」

「是嗎？」他以謙恭無比的態度說道：「防盜幕可是你自己關掉的，你又要如何解釋？」

「哼！那還不簡單，其實根本沒有什麼防盜幕。」

那人將眼睛睜得老大，一副惱羞成怒的樣子。「你在唬人？小丫頭，你今年多大了？」

「年輕人，我認爲這是個非常不禮貌的問題。而且，我也不習慣被人稱作『小丫頭』。」

「我絕不懷疑，你可能是騾的祖母化裝的。在你來不及呼朋引類，對我動用私刑之前，我可不可以趕緊溜走？」

「你最好別走——因爲家父正在等你。」

那人的表情再度變得小心謹慎。他揚起一道眉毛，故意隨口問道：「哦？有人跟令尊在一起嗎？」

「沒有。」

「最近有人來拜訪他嗎？」

「只有推銷員——還有你。」

「有沒有任何不尋常的事？」

「只有你。」

「饒了我吧，好不好？不，別饒我。告訴我，你怎麼知道令尊正在等我？」

「喔，那還不簡單。上個星期，你知道嗎，他收到一個私人信囊，只有他本人才能開啓，裡面有一張會自行氧化的信箋。他還特別把信囊丟進垃圾分解器。昨天，他主動放波莉一個月的假——你知道嗎，波莉是我們的女傭——讓她去探望住在端點市的姐姐。今天下午，他又在客房裡整理床舖。所以我曉得他正在等什麼人，卻故意不讓我知道。通常，他什麼事都會告訴我的。」

「眞的！我難以相信他有這個必要。我以爲他還沒說，你就什麼都知道了。」

「通常都是這樣。」說完她就哈哈大笑，開始感到無比的輕鬆自在。這個訪客年紀不小了，不過外表十分出色，有著一頭棕色的鬈髮，還有一對深藍色的眼珠。也許，等到自己年紀夠大的時候，還能再遇到類似的人物。

「可是，」那人又問道：「你又怎麼知道我就是他要等的人？」

「唉，還會有誰呢？他神祕兮兮地在等一個人，希望你懂得我的意思——然後你就愣頭愣腦地來了，還想要從窗戶鑽進來。如果你有一點常識，就該知道從大門走進來。」她突然想到一句精采的台詞，立刻派上用場：「男人全都這麼笨！」

「你倒滿有自信的嘛，小丫頭，對不對？不，我是說『小姐』。你知道嗎，你可能都猜錯了。萬一我現在告訴你，我被你搞得一頭霧水，而且據我所知，令尊等的不是我而是別人，你又該怎麼辦？」

「喔，我可不這麼想。我原本不想讓你進來，直到看見你把手提箱丟下去，我才改變主意的。」

「我的什麼？」

「你的手提箱，年輕人。我可不是瞎子，你並非不小心，而是故意丟下去的。因爲你先向下面看了一眼，估計一下它會落在哪裡。等你確定它會掉進樹籬裡面，不會被人看見，這才把手提箱丟下去，然後就沒有再向下望一眼。既然你故意不走大門，而準備爬窗戶，就代表你不太敢確定是否找對地方，想要先觀察一下。當你被我發現之後，你首先想到的是手提箱，而不是你自己的安危，這就代表說，你把裡面的東西看得比自己更重要。由此可知，既然你人在屋內，而你我都知道手提箱還在屋外，你也許根本無計可施。」

說到這裡，她實在需要停下來喘一口氣。那人趁機回嘴道：「不過，我想我可以把你勒得半死，然後逃出去，撿起手提箱遠走高飛。」

「不過，年輕人，我的床底下剛好有一根球棒，我兩秒鐘之內就能抓到手裡，而且我是個非常強壯的女生。」

僵持了好一陣子，最後，「年輕人」終於以做作的禮貌口吻說：「既然我們這麼談得來，我應該自我介紹一下。我叫裴禮斯．安索，你叫什麼名字？」

「我叫艾嘉……艾卡蒂．達瑞爾，很高興認識你。」

「好啦，艾卡蒂，你能不能做個好女孩，把令尊請過來？」

艾嘉蒂婭氣呼呼地抬起頭來。「我可不是女孩，我認為你這樣說非常沒有禮貌——尤其是拜託別人幫忙的時候。」

裴禮斯．安索嘆了一口氣。「說得好——請問你能不能做一個好心、善良、可愛的老婦人，把令尊請過來？」

「我也不是那個意思，但我會叫他的。年輕人，可是別以為我會把視線從你身上移開。」她開始用力踏著地板。

走廊隨即傳來一陣急促的腳步聲，臥室的門隨即被猛力打開。

「艾嘉蒂婭——」達瑞爾博士使勁吐了一口氣，改口問道：「先生，你是誰？」

裴禮斯趕緊站起來，看來顯然鬆了一口氣。「杜倫．達瑞爾博士？我是裴禮斯．安索。我想，你已經收到那封信了。至少，令嬡是這麼說的。」

「我女兒說的？」他皺起眉頭，用責備的眼神瞪了艾嘉蒂婭一眼，卻看到她正張大眼睛，露出一副無懈可擊的無辜狀，遂不得不收回嚴厲的目光。

達瑞爾博士終於再度開口：「我的確正在等你。請你跟我下樓來好嗎？」他突然打住，因爲看到旁邊有東西在閃動，而艾嘉蒂婭也注意到了。

她趕緊撲向那台聽寫機，卻根本來不及了，因爲父親已經站在機器旁邊。他以溫柔的口吻說：「艾嘉蒂婭，你一直都開著耶。」

「爸爸，」她又氣又惱地尖叫：「看人家的私人信件是非常不道德的行爲，看人家的談話記錄就更不用說了。」

「啊，」父親說：「不過這個『談話記錄』，是你和一個陌生男子在臥室錄下的！艾嘉蒂婭，身爲你的父親，我必須保護你。」

「喔，天哪——根本不是那麼回事。」

裴禮斯突然哈哈大笑。「喔，達瑞爾博士，就是那麼回事。這位小姐準備指控我許多罪名，即使爲了洗刷我的冤屈，我也得請你務必讀一遍。」

「喔——」艾嘉蒂婭強忍住淚水。竟然連親生父親也不相信自己。那台可惡的聽寫機——要不是那個笨蛋愣頭愣腦摸到窗口，她也不會忘記把機器關掉。現在，父親一定準備發表長篇大論，細數年輕女子不該做的每一件事。看來，好像根本沒有什麼是她們應當做的，也許上吊是唯一的例外。

「艾嘉蒂婭，」父親以溫和的語氣說：「我認爲一個年輕女子——」

她就知道，她早就知道。

「——對一位比自己年長的人，不該這麼沒有禮貌。」

「可是，誰叫他到我的窗戶旁邊探頭探腦？一個年輕女子總該有隱私權吧——你看，現在我得重頭唸一遍這篇可惡的作文。」

「他爬到你的窗邊究竟對不對，不是你應該質疑的問題。你根本就不該讓他進來，應該立刻通知我——更何況你也認爲我在等他。」

她沒好氣地說：「你不見他也好——這個傻東西。如果他繼續飛簷走壁，遲早會把整件事都抖出來。」

「艾嘉蒂婭，自己不曉得的事，不要隨便發表意見。」

「我當然曉得。是關於第二基地，對不對？」

沉默持續了好一陣子。連艾嘉蒂婭也覺得腹部在微微抽搐。

然後，達瑞爾博士輕聲問道：「你是從哪裡聽來的？」

「不是從哪裡聽來的，除了這件事，還有什麼值得這麼神祕兮兮的嗎？你不用擔心，我不會告訴任何人。」

「安索先生，」達瑞爾博士說：「我必須爲這一切向你道歉。」

「喔，沒什麼。」安索公式化地應道。「她若是把自己賣給黑暗勢力，也絕不是你的錯。但在我們下樓之前，你不介意我再問她一個問題吧。艾嘉蒂婭小姐——」

「你想問什麼？」

「你爲什麼認爲不走大門而爬窗戶是件傻事呢？」

「傻瓜，這等於你在大肆宣揚試圖隱瞞什麼。倘若我有個祕密，我絕不會把嘴巴貼上膠布，讓大家都知道我心中藏著祕密。我會像平常一樣談天說地，只要別提那個祕密就行。你沒有讀過塞佛·哈定的格言嗎？他是我們的首任市長，你知道吧。」

「我知道。」

「好，他曾經說過：唯有大言不慚的謊言才能成功。他還說過：凡事都不必是眞的，但是都必須讓人信以爲眞。嗯，當你從窗戶爬進來的時候，已經違背了這兩個原則。」

「換成你的話，會怎麼做呢？」

「如果我有一件最高機密，要來找我爸爸商量，我會在公開場合和他結識，再用各種光明正大的理由來找他。等到大家都認識你，認爲你和我爸爸在一起是理所當然的，你就可以和他商量任何機密，絕不會讓任何人起疑。」

安索以不可思議的眼神望著這個女孩，然後再看看達瑞爾博士。「我們走吧。我得到花園去找我的手提箱。等一等！還有最後一個問題。艾嘉蒂婭，你的床底下根本沒有球棒吧，對不對？」

「沒有！當然沒有。」

「哈，我就知道。」

達瑞爾博士走到門口又停下來。「艾嘉蒂婭，」他叮嚀道：「當你重寫那篇作文時，不要把奶奶渲染得太過神祕。其實，完全沒有必要提那件事。」

他和裴禮斯一起默默走下樓梯。走到一半，那位訪客壓低聲音問道：「博士，希望你別介意，請問她多大了？」

「十四歲，前天剛過生日。」

「十四歲？銀河啊——告訴我，她有沒有說將來準備嫁人？」

「沒有，她沒提過。至少沒有對我提過。」

「嗯，她若真要嫁人，把他鎗斃算了。我是說，她準備嫁的那個人。」他以嚴肅的目光，凝視著這位前輩的眼睛。「我沒有開玩笑。她到了二十歲，跟她生活在一起會是天底下最可怕的事。當然，我絕無意冒犯你。」

「你沒有冒犯我。我想我知道你的意思。」

而在樓上，這兩個人仔細分析的對象則是一肚子的怨氣與厭煩。她對著那台聽寫機，用模糊而懶散的語調唸道：「謝，頓——計，畫——的，展，望——」聽寫機則發揮無比精確的功能，將那句話轉換成優雅秀麗的字體：

謝頓計畫的展望

數學：……多變數與多維幾何的綜合分析運算，構成了謝頓暱稱為「我研究人類的小小工具」之基礎……

——《銀河百科全書》

8 謝頓計畫

請想像一個房間！

目前，房間的位置並不重要。大家只要知道在這個房間中，存在著第二基地的重要機關。

幾世紀以來，這個房間一直保存著一門純粹的科學——然而，一向被聯想成「科學」的各種裝置、設備、儀器等等，這裡都付之闕如。因爲這門科學的研究對象，只是數學概念而已。在科技尚未萌芽的史前原始時代，當人類集中於一個如今已經失落的世界時，先民中的智者所進行的冥想，便與這門科學有些神似。

這個房間受到精神科學力量的保護。至今，整個銀河系一切有形力量加在一起，仍舊無法與這門精神科學相抗衡。室內有一個較爲顯眼的物件——元光體，內部珍藏著謝頓計畫的完整內容。

此外，室內還有一個人——第一發言者。

他是謝頓計畫的第十二任首席監護者，而他所擁有的頭銜，代表的就是字面上的意義——在第二基地領導者集會的場合，他是首先發言的一位。

他的前任曾經擊敗騾，但是那場大規模奮戰留下的後遺症，依舊擾亂著謝頓計畫的前途——過去二十五年來，他與他所領導的組織，致力將全銀河系頑固、愚昧的人類重新納入正軌——這是一項艱巨至極的工作。

第一發言者抬起頭來，望著逐漸打開的門。在這個孤寂的房間中，他回顧著自己四分之一世紀的努力，如今一切終將爬上最高峰。雖然此刻他是那麼專注，仍有餘裕以安然的心情期待著來人。他是年輕弟子之一，將來，他們之中總有一位會繼承他的職位。

由於年輕人正不知所措地站在門口，第一發言者必須向他走過去，將他領進室內，並且伸出一隻手，親切地按在他的肩頭。

弟子露出羞赧的微笑，第一發言者則說：「首先，我必須告訴你為何請你過來。」他們現在隔著書桌面對面坐著，兩人都沒有真正開口說話。除非是第二基地的成員，銀河中再也沒有人瞭解他們所使用的溝通方式。

語言本是人類用來表達思想與情感的方式，它並非與生俱來，也不是完美無缺。人類所建立的語言溝通模式，只是利用聲音的組合來表示各種精神狀態——可是這種方法極為笨拙，而且能力明顯不足，只能將心靈中細膩的思想，轉換成發聲器官所發出的遲鈍聲音。

追根究柢——追本溯源——其實不難發現：人類所蒙受的一切苦難，皆可追溯到一個事實，亦即在銀河歷史上，幾乎沒有任何人能瞭解他人的心思；或許只有哈里．謝頓，以及其後的極少數人例外。人人將自己隱藏在他人無法穿透的迷霧中，每團迷霧裡也就只有一個人。偶爾，從某團迷霧深處會透出一絲微弱模糊的訊號——人類便是藉著這些訊號互相摸索。然而，由於相互間無法瞭解，彼此也就不能互信互諒，所以每個人自幼年時代起，始終處於絕對孤寂的狀態，時時刻刻感到恐懼與不安。長此以往，便導致了人與人之間的猜忌與迫害。

數萬年來，人類的雙腳在泥濘中蹣跚前進，心靈長期受到壓制。倘若善加利用這些時間，心靈早就可以飛向星際。

過去，人類本能地努力尋找打破語言桎梏的方法。語意學、符號邏輯、精神分析……這些學問都是在研究如何精煉語言，甚至完全捨棄之。

心理史學是精神科學的一項重要發展方向；經過許多世代的努力，精神科學的數學化終於大功告成。爲了瞭解神經生理學與神經系統的電化學——這必須一直鑽研到核力的領域——相關的數學有了長足的進展。利用這些最新發展的數學，心理學總算成爲一門眞正的科學。而將心理學的知識從個體推廣到群體，社會學的數學化過程也於焉完成。

較龐大的人類群體，例如一顆行星上的數十億人，一個星區中的數兆居民，乃至整個銀河系的千兆人口，則不僅是衆多人類的集合，更是能以統計方法處理的社會力量。因此對哈里·謝頓而言，未來的發展是必然的，是清晰可見的，而預設的計畫則是絕對可行的。

導致謝頓計畫發展的精神科學基礎，同時使得第二基地得以超越語言。因此當第一發言者與弟子溝通時，他完全不需要開口說話。

人類心靈對某個刺激的反應，不論引起的生物電流多麼微弱，都能完整顯示心中各種的細微變化。因此，第一發言者能夠直接感知弟子的情感內容。不過他的能力是長久訓練的成果，並非像騾那樣生來便有這種感應力——騾是獨一無二的突變種，甚至第二基地份子也無法完全瞭解他的異能，普通人就更不用說了。

然而，在一個必須靠語言溝通的社會裡，僅僅使用普通的文字，絕不可能表達出第二基地份子彼此溝通的方式。因此從現在開始，我們只好忽略這個環節，讓第一發言者的訊息以普通的會話表現。即使這項「翻譯」偶有失眞之處，也是不得已的情況下最好的辦法了。

從現在起，我們姑且認爲第一發言者的確在說：「首先，我必須告訴你爲何請你過來。」而不再描述那是一個微笑、一個手部動作所代表的訊息。

接著，第一發言者又說：「你從小到大都在努力鑽研精神科學，而且成績優秀。師長們能教你的，你已經全部吸收了。如今，你和其他幾位同學，都可以成爲見習發言者了。」

書桌對面傳來一陣興奮的情緒。

「不——你必須冷靜地接受這個任命。你一直希望有資格入選，一直擔心自己落榜。事實上，希望和擔憂都是你的缺點。你明明知道自己夠資格，卻又不敢承認，生怕給人留下過分自信因而不適任的印象。眞是荒謬！最無可救藥的笨蛋，就是聰明卻不自知的人。你對自己的信心，正是你入選的原因之一。」

坐在書桌對面的弟子鬆了一口氣。

「很好。現在你的心情輕鬆許多，警戒也放鬆了。這樣你才有辦法集中精神，才能瞭解我要對你說的話。記住，想要眞正發揮精神力量，並不需要將心靈繃得緊緊、抓得死死的。對於探測器而言，那無異於一種空洞的精神狀態。反之，你應當培養一種單純的心境，一種自我的覺察，一種無我的意識，如此任何情緒才能無所遁形。我的心靈已經對你敞開，讓我們彼此都達到這種境界。」

他又繼續說：「當一名發言者並不容易。其實，心理史學家就不是個簡單的職務，而即使是最優秀的心理史學家，也不一定有資格擔任發言者。這兩者是有區別的。發言者不僅要知曉謝頓計畫的複雜數學結構，還必須與計畫及其目標相互共鳴。他一定要熱愛這個計畫，將計畫視爲自己的生命。除此之外，還得把它當成活生生的好朋友。

「你知道這是什麼嗎？」

第一發言者抬起手來，在書桌中央一個閃亮的黑色立方體上晃了晃。那是一個毫不起眼的物件。

「發言者，我不知道。」

「你聽說過元光體嗎？」

「這就是嗎？」聲音中充滿驚訝。

「你以為它看起來應該更高貴、更令人敬畏是嗎？嗯，這也難怪。它是帝國時期的產物，由謝頓時代的工匠製成。將近四百年來，它的表現都極為完美，從來不需要修理或調整。這算是我們的運氣，因為就技術層面而言，第二基地沒有任何人懂得它的構造和原理。」他淡淡一笑，「第一基地的人也許有辦法複製一個，不過，當然絕不能讓他們知道。」

他壓下書桌旁的一根操縱桿，室內立時陷入一片黑暗。但片刻之後，兩側的大幅牆壁便逐漸亮起來。開始的時候是珍珠般的白色光芒，隨後各處又出現模糊的暗影，最後暗影凝聚成清晰整齊的黑色字體。那些字體構成無數的數學方程式，其間穿插著許多蜿蜒的紅色線條，彷彿幽暗森林中的血色河流。

「過來，孩子，站到牆壁前面。放心，你不會形成陰影。元光體輻射光線的方式非常特殊。老實告訴你，我絲毫不瞭解這種效應的原理。但我可以肯定，你的影子不會出現在牆壁上。」

他們一起站在光芒中。那兩面牆都是十呎高、三十呎寬。牆上佈滿密密麻麻的小字，連一吋空隙也沒有。

「這還不是整個的謝頓計畫，」第一發言者說：「要把整個計畫寫在兩面牆上，方程式必須縮小到微觀的尺度——可是沒有這個必要。你現在看到的，代表至今為止謝頓計畫的主要部分。這些你都學過了，對不對？」

「是的，發言者，我都學過了。」

「你認得出任何一部分嗎？」

短暫的沉默後，弟子舉起手來。當他的手指指向牆壁時，一列方程式隨即向下移動，直到他心中所想的那個函數級數挪到眼前——眞難想像，只是不經意地迅速指了一下，竟然造成這麼精密的結果。

第一發言者輕聲笑了笑。「你將發現元光體能和你的心靈調諧。今後，這個小裝置還會給你更多的驚奇。對於你選取的方程式，你有什麼心得？」

「這是瑞格積分，」弟子支吾地說：「利用整個行星的心理傾向分佈，來表現行星上甚至整個星區所存在的兩種主要經濟階級，以及不穩定的情感模式。」

「它有什麼意義呢？」

「它代表張力的極限，因爲在這裡，」弟子伸手一指，許多方程式隨即同時挪移。「有一個收斂級數。」

「很好。」第一發言者說：「現在告訴我，你對這個結果有何感想。一個完美的傑作，對不對？」

「絕對是的！」

「錯了！並非如此。」第一發言者的語氣異常嚴厲，「這是你必須糾正的第一個觀念。謝頓計畫並非百分之百完整和正確。反之，它只是如今所能做到的最佳結果。已經有十幾代的先人，在這上面花了無數心血；研究這些方程式，將它們拆解到細微末節，然後重新組合起來。除此之外，他們還靜觀近四百年的歷史發展，以便與方程式的預測相互對照；他們檢查方程式的眞實性，從中學到許多新的知識。

保證，你的辭藻和語氣都不在評分範圍內。」

弟子第一次有機會暢所欲言，在發表長篇大論之前，他稍微遲疑了一下。然後，他才用欠缺自信的口吻說：「根據我所學到的知識，我相信謝頓計畫的意圖是要建立一個新的文明，而這個文明的基礎，是歷史上前所未有的新導向。根據心理史學的計算結果，這種導向絕對不可能自行出現……」

「停！」第一發言者強調道：「你不可以用『絕對』這個詞。那是一種偷懶而含糊的說法。事實上，心理史學只能預測機率。某個事件也許極不可能發生，但機率總是大於零。」

「是的，發言者。那麼，請准許我修正剛才的答案：大家都知道，這種導向自行出現的機率小之又小。」

「這就好多了。什麼樣的導向呢？」

「一個植基於精神科學的文明。在古往今來的人類歷史中，主要都是有形的科技在不斷進展；換言之，人類駕馭周遭無生物的能力愈來愈強。然而，人類對於自身以及社會的控制，憑藉的卻是隨機的摸索，或是那些以靈感、直覺、情感爲基礎的倫理體系。結果，歷史上從未出現穩定度大於百分之五十五的文明，這可說是人類的大不幸。」

「我們討論的這個導向，爲什麼難以自行出現？」

「因爲在人類的精英份子中，大多數只具有發展物理科學的潛能，而他們也的確獲致一些可見的粗糙成就。然而，唯有極少數天賦異稟人士，能爲人類開拓精神科學的領域。這些人的貢獻雖然可長可久，他們提出的理論卻過於玄妙和隱晦。尤其是，這種導向會導致一個由精神異能者——也就是更高級的人類——所構成的統治階級，普通人一定怨恨在心，因此他們的統治不可能穩定。除非他們施展精神力量，將普通人貶成畜生。這樣的發展是我們絕不願見到的，因此必須設法避免。」

「那麼，解決之道是什麼呢？」

「解決之道就是謝頓計畫。這個計畫安排並維繫了各種有利條件，使得在計畫開展仟年之後──也就是再過六百年──第二銀河帝國便會興起，而人類則已經能夠接受精神科學的領導。在這仟年的歲月中，第二基地藉著精神科學的發展，將培養出一批心理學家，以接掌這個帝國的領導權。而我自己常常想，或許可以說：第一基地建立起單一政體的有形架構，第二基地則提供統治階層的精神架構。」

「我聽懂了，答得相當完善。即使在謝頓所設定的那個年代，果眞有某個第二帝國興起，你認爲它是否眞能實現謝頓計畫的理想？」

「發言者，我認爲並非如此。計畫開展後的九百至一千七百年間，有好幾個第二帝國可能出現，卻只有一個是眞正的第二帝國。」

「綜觀這些狀況，第二基地的存在爲何需要保密──尤其是對第一基地保密？」

弟子試圖找出這個問題的言外之意，結果毫無所獲。他吃力地答道：「就如同謝頓計畫的細節必須對全體人類保密一樣。心理史學定律本質上都是統計性的，倘若個人行動不再是隨機的，心理史學就會失效。假如一大群人知曉了謝頓計畫的關鍵內容，他們的行動就會受到影響，不再符合心理史學公設中的隨機條件。換句話說，心理史學再也不能精確預測他們的行爲。很抱歉，發言者，我自己對這個答案也不滿意。」

「幸好你有自知之明。你的回答相當不完整。其實是第二基地必須隱藏起來，而並非整個謝頓

解吧。」

「第二基地的滲透，」屠博插嘴問道：「範圍究竟有多廣？」

「我不知道。但我可以告訴你，我們目前發現的滲透現象，都只是在基地外圍領域。首都世界也許尚未遭到波及；不過就連這點也不能肯定——否則，我也用不著檢查你們的腦波。達瑞爾博士，其實你最可疑，因爲你半途和克萊斯拆夥。你可知道，克萊斯始終沒有原諒你。我曾經猜想，或許是第二基地收買了你，但克萊斯始終堅持你是個儒夫。達瑞爾博士，請你不要見怪，我這樣有話直說，只是要表明自己的立場。就我自己而言，我自認瞭解你的心意，倘若你眞是儒弱，那也情有可原。」

達瑞爾深深吸了一口氣，然後答道：「我是臨陣脫逃！隨便你怎麼說都可以。然而，我曾試圖維持兩人的友誼，他卻再也沒有寫信或打電話給我。直到那一天，他寄來你的腦波數據，然後不到一星期，他就去世了……」

「請別介意，」侯密爾．孟恩緊張兮兮卻理直氣壯地插嘴道：「但我看你們根本搞不……不清楚自己在幹什麼。如果我們一直這樣講個不停，講個不停，講個……不停，我們就只是一群光會紙……紙上談兵的陰謀家。反正，我看我們也沒什麼好做的。什麼腦……腦波等等的一大堆廢話，實在是非……非常幼稚。你們到底會不會有什麼具體行動？」

裴禮斯．安索的眼睛突然亮起來。「有，當然有。我們需要蒐集更多關於第二基地的資料。這可是當務之急。騾在統治銀河的第一個五年間，全力探索第二基地的下落，結果失敗了——或者說，大家都以爲他失敗了。可是他的尋找突然停止了，這是爲什麼？因爲他失敗了？還是因爲他成功了？」

「還……還在耍嘴皮子。」孟恩以苦澀的口氣說：「我們又怎麼知道？」

「請你耐心聽我說——當年，騾定都於卡爾根。在騾崛起之前，卡爾根不在基地的貿易勢力網之內，現在仍舊如此。此時此刻，卡爾根是由史鐵亭這個人統治，除非明天又有一場宮廷革命。史鐵亭自稱第一公民，並自詡爲騾的繼任者。若說那個世界有任何傳統，不外是盲目崇拜騾的超人本領和功績——這種傳統強烈到了近乎迷信。結果，騾的官邸如今成了聖殿。未經許可不准擅入，裡面的一切都原封未動。」

「所以呢？」

「所以，爲什麼會這樣呢？這是個事出必有因的時代。萬一騾的官邸完好如初，並非單純由於迷信呢？萬一是第二基地安排的呢？簡單地說，萬一騾探索了五年的結果，就在……」

「喔，胡……胡說八道。」

「爲什麼不可能？」安索反問。「第二基地始終神出鬼沒，對銀河事務只做最小程度的干預。我知道在我們看來，摧毀那座官邸似乎更爲合理，或者至少應該移走其中的資料。可是，你必須揣摩那些心理學大師的心理。他們個個都是謝頓，都是騾；他們靠精神力量行事，一律走迂迴路線。倘若建立起一種心理狀態便能保護其中的資料，他們絕不會將它毀掉或搬走。如何？」

沒有人立刻答腔，於是安索繼續說：「而你，孟恩，是最佳人選，你要幫我們弄到那些情報。」

「我？」這是一聲充滿驚愕的吼叫。孟恩迅速環視衆人，然後說：「我可不會做這種事。我不是一個行動派，更不是超視裡的英雄；我只是一名圖書館員。若能在圖書館裡找，那我就豁出去，冒險幫你們找找第二基地。可是我絕不要到太空去，去做那種瘋……瘋狂的事。」

「聽好，」安索耐著性子說：「我和達瑞爾博士一致認爲你是最佳人選。只有你去，才能顯得理所當然。你說你是一名圖書館員，很好！你主要的研究題目是什麼？是『騾學』！放眼銀河系，你蒐藏的騾學資料已經傲視群倫。你自然想要繼續蒐集，你的動機比任何人都要單純。如果你申請進入卡爾根的騾殿，不會有人懷疑你有其他動機。他們或許不會批准你的申請，卻不會對你起疑。此外，你有一艘單人太空遊艇。而大家都知道，每年休假你都會去異邦行星旅行。你甚至曾經去過卡爾根。你只需要照例再做一遍就行，難道你不懂嗎？」

「可是我不能就這麼說：第……第一公民閣下，您能……能否恩准我進入你們最神聖的聖殿？」

「有何不可？」

「銀河在上，因爲他不可能批准！」

「好吧。他要是不准，你就馬上回來，我們再想別的辦法。」

孟恩帶著萬分不願的表情環顧四周。他感到自己即將被說服，去做一件極不情願的事。在座的其他人，卻沒有一位向他伸出援手。

於是當天晚上，有兩項決定在達瑞爾博士家出爐。第一個是孟恩所做的決定，他心不甘、情不願地答應衆人，暑假一開始，他就立刻奔向太空。

第二個決定，則是出自這個聚會的一名非正式成員。當關掉集音器，終於準備就寢的時候，她私下做成一個重要的決定。至於它的內容，現在我們還不必知道。

10 迫在眉睫

在第二基地上，時間又過了一個星期。今天，第一發言者再度笑容可掬地迎接那名弟子。

「你一定發現了什麼有趣的結果，否則你不會滿腔怒火。」

弟子一手按著他帶來的那束計算紙，說道：「您確定這個問題是個眞實案例嗎？」

「前提千眞萬確，我一點也沒有改動。」

「那麼我不得不接受計算的結果，可是我又不願意。」

「自然如此。但是你願不願意又有什麼關係呢？好吧，告訴我，你究竟在擔心什麼。不，不，把推導過程放在一邊，我等一下再來分析。現在，用你自己的話告訴我。讓我來判斷你的瞭解程度。」

「嗯，好吧，發言者──結論似乎非常明顯，第一基地的基本心理狀態，曾經發生整體性的改變。如果他們僅僅知曉謝頓計畫的存在，而不瞭解其中任何細節，他們會一直抱持不太確定的信心。他們知道自己終將成功，卻不知道如何以及何時才能達成目標。因此，就會形成連續不斷的緊張氣氛──這正是謝頓所預期的。換句話說，如此即可指望第一基地發揮最大的潛能。」

「這是個含糊的譬喻，」第一發言者說：「但我瞭解你的意思。」

「發言者，可是如今，他們知曉了第二基地的存在；除了謝頓當年那句晦澀的描述，他們還獲悉了許多細節。他們模糊地感覺到，第二基地的功能就是守護謝頓計畫。他們知道這個組織正在監視他們每一步的進展，不會坐視他們失敗。所以他們放棄了主動的步伐，等著我們用擔架來抬他們。不好意思，這又是一個譬喻。」

「沒關係，繼續說。」

「他們放棄了努力；他們養成了惰性；他們變得軟弱頹廢，興起了享樂主義的文化——在在表示謝頓計畫就要毀了。他們非得自我鞭策不可。」

「你說完了嗎？」

「不，還沒有。上面所說的是大多數人的反應。可是還有一種少數反應，對應的機率也非常高。當我們這個守護者和控制者的角色曝光後，會有少數人非但不滿足，反而對我們產生敵意。這是根據勾里洛夫定理……」

「沒錯，沒錯。我知道那個定理。」

「發言者，很抱歉，想要避免數學的確很困難。總之，我們曝光之後，第一基地除了不再積極之外，還會有部分人士打算對付我們，而且是主動對付我們。」

「現在你說完了嗎？」

「還有另外一項因素，對應的機率並不算高……」

「非常好。那又是什麼？」

「當第一基地以全副心力對抗帝國時，面對的敵人只是一個又一個被時代淘汰的龐大殘軀，那時他們顯然只專注於物理科學的發展。可是我們出現後，對他們形成一個嶄新而重大的影響，很可能會造成他們觀念上的改變。他們或許會開始培養心理學家……」

「那種改變，」第一發言者淡淡地說：「其實已經發生了。」

弟子緊抿嘴唇，形成一條蒼白的直線。「那就全完了。這個結果和謝頓計畫絕不相容。發言者，倘若我是——局外人，有可能知道這個事實嗎？」

第一發言者嚴肅地說：「年輕人，你感到了羞辱吧，因爲你原本以爲已經瞭解整個局勢，卻忽然發現有許多非常明顯的事你並不知道。你本來以爲自己是銀河的主宰，卻忽然發覺自己面臨毀滅的命運。自然，你會怨恨那座棲身的象牙塔、那種隱遁式的教育，以及你吸收的各種理論。

「我也曾經有過那種情緒，這是很正常的。然而在你的養成期，確有必要不讓你和銀河直接接觸；確有必要讓你留在此地，接受一切經過過濾的知識，把心靈訓練得敏銳無比。我們可以早些將這……計畫中的局部失敗透露給你，以免你如今受到震撼。可是那樣一來，你將無法像現在這樣，眞正瞭解問題的嚴重性。所以說，你發現這個問題根本無解？」

弟子猛搖著頭，以絕望的口氣說：「是的！」

「好，我並不感到驚訝。年輕人，聽我說。事實上有個解決之道，而且已經走了超過十年。這不是一條普通的行動路線，而是我們被迫不得不這麼做。它對應的機率甚低，並且牽涉到危險的假設——有些時候，我們甚至被迫去處理個體反應，只因爲那是唯一的辦法。你也知道，用心理統計學處理小於一顆行星的人口，根本上已失去了意義。」

「我們成功了嗎？」弟子喘著氣問。

「現在還看不出來。目前我們將情況控制得還算穩定——可是，某個普通個體產生的無從預料的行爲，就有可能毀掉整個謝頓計畫；自計畫開展以來，還是頭一次出現這種狀況。我們選取了最少數的外人，調整他們的心靈狀態；我們也有自己的特務——不過他們一律依計行事，從來不敢隨機應變。你應該很明白如今的處境。我不打算對你隱瞞最壞的情況——萬一我們被發現了，我是說這裡，這個世界，那麼被摧毀的將不只是謝頓計畫，我們自己，我們的血肉之軀也會陪葬。所以你看，我們的解決之道並不太理想。」

「可是您剛才提到的那一點點，聽來並不像解決之道，反倒像是絕望的猜測。」

「不對。應該說，是一個明智的猜測。」

「發言者，請問危機何時來臨？我們何時會知道是否成功了？」

「毫無疑問，不會超過一年。」

弟子思考了一會兒，然後點點頭，並與發言者握了握手。「嗯，我很高興能知道這些。」

說完他就轉身離去。

當玻璃窗漸漸變成透明時，第一發言者默默向外望去。他的視線越過許多巨大的建築物，一直投射到寂靜而擁擠的星空。

一年的時間很快會過去。到了那個時候，他們這些「謝頓的選民」是否還有任何人活著呢？

11 偷渡客

還有一個月多一點，夏天才能算是眞正開始。不過，侯密爾．孟恩已經寫好這個會計年度的年終報告，並仔細考核了政府派來的代理館員，確定他能勝任這項並不簡單的工作——去年那個人實在太差勁了。他還從密封了近一年的船庫中，拖出他的單人太空遊艇**單海號**——這個古怪番號，是根據二十年前一件神祕而敏感的事件命名的。

當他離開端點星的時候，心中充滿著抑鬱與不滿。沒有任何人到太空航站爲他送行。這是很自然的事，因爲過去也從來沒有。他非常明白，必須讓這趟旅行看來毫無特殊之處，但是肚子裡還是冒出一股無名火。他，侯密爾．孟恩，正冒著殺頭的危險，從事一件荒謬絕倫的任務，卻連一個同件也沒有。

至少，當時他是那麼想的。

可是因爲他料錯了，所以第二天在**單海號**上，以及達瑞爾博士位於郊區的家中，各自出現一場混亂的局面。

根據時間的順序，達瑞爾博士家中的騷動首先爆發。導火線是家裡的女傭波莉，她早已度完一個月的假期。她突然慌慌張張地從樓梯飛奔而下，同時結結巴巴地大叫大嚷。

她衝到博士面前，想要把驚恐化爲語言。結果比手畫腳了老半天，硬是擠不出半句話，最後只能遞給他一張紙和一個方形物體。

他只好把東西接過來，問道：「波莉，怎麼回事？」

「博士，她走了。」

「誰走了？」

「艾嘉蒂婭！」

「你說『走了』是什麼意思？走到哪裡去？你到底在說什麼？」

她急得直跺腳。「我可不知道。她就是不見了，還有一隻手提箱和幾件衣服也不見了，卻多出了這封信。你別光站在那裡，爲什麼不看看信呢？喔，你們男人啊！」

達瑞爾博士聳聳肩，然後拆開了信封。信的內容並不長，除了「艾卡蒂」那個笨拙的簽名，其餘都是優雅而秀麗的字體，顯然是聽寫機列印出來的。

親愛的爸爸：

我不敢當面向您告別，那樣我會太難過，也許會像小女孩一樣哭起來，讓您感到我不爭氣。所以我決定寫封信告訴您，雖然我將要和侯密爾叔叔度過一個快樂無比的暑假，我仍然會非常想念您。我會好好照顧自己，並且會盡快回家。此外，我留給您一件我自己的東西，您現在就可以打開看看。

摯愛您的女兒，艾卡蒂

他把這封信反覆看了好幾遍，表情顯得愈來愈和緩。最後，他硬邦邦地問道：「波莉，你有沒有看過這封信？」

波莉立刻爲自己辯護。「博士，這件事你絕對不能怪我。信封上明明寫著『波莉』，我根本不知道裡面竟然是給你的信。博士，我可不是喜歡刺探隱私的人，過去這麼多年來……」

達瑞爾做了一個稍安勿躁的手勢。「很好，波莉，這點並不重要。我只是想確定，你瞭解到發生了什麼事。」

他心念電轉：叫她忘掉這件事是沒有用的。他們所面對的敵人，字典裡可沒有「忘」這個字；而如果給她任何忠告，卻會讓事情顯得更嚴重，剛好會造成反效果。

因此他說：「你也知道，她是個心思古怪的小女孩，非常天眞浪漫。自從我們計畫讓她在暑假做一次太空旅行，她就一直興奮得不得了。」

「可是爲什麼沒有一個人告訴我這檔事？」

「是在你休假期間安排的，後來我們忘記說了。事情就是這麼簡單。」

此時，波莉原先的激動全部凝聚成一股兇猛的怒氣。「簡單，是不是？可憐的小姑娘只帶了一隻手提箱，裡面沒有一件像樣的衣裳，又是一個人去的。她要去多久呢？」

「波莉，這點你大可放心。太空船上早已爲她準備了足夠的衣物。請你去告訴安索先生，說我想見他好嗎？喔，等一下——這是不是艾嘉蒂婭留給我的東西？」他翻來翻去端詳著手中那個方形物體。

波莉猛搖著頭。「我保證我不知道。我只能告訴你，那封信就是放在這東西上頭。竟然忘了告訴我，眞是的。如果孩子的媽還活著……」

達瑞爾揮手趕她走。「請你去把安索先生找來。」

對於這個突如其來的變化，安索的看法與艾嘉蒂婭的父親南轅北轍。他的反應極爲強烈，說話的時候捏緊拳頭，還拚命扯著頭髮，後來又露出愁眉苦臉的表情。

「但這也是正事呀。」她尖聲抗議：「川陀也許有數不清的重要資料。你相不相信？」

「不，我不相信。」他爬了起來，「現在請你離電腦遠一點。我們得進行最後一次躍遷，然後你就該上床了。」無論如何，降落後總有一件事會改善；他已經恨透了在金屬地板上裹著外套睡覺。

躍遷的計算並不困難。在《太空航道手冊》上，基地至卡爾根的路線描述得十分詳盡。在進入超空間的瞬間，他們照例感到輕微的抽搐，而下一刻，最後一光年的距離便消失了。

卡爾根的太陽終於有了太陽的模樣——巨大、光亮、輻射出乳白色的光芒。但由於「日照側」的舷窗早已自動關閉，他們兩人並不能直接看見。

一覺醒來，就能抵達卡爾根了。

12 統領

放眼銀河系所有的世界，卡爾根無疑擁有獨一無二的歷史。其他的行星，例如端點星，它的歷史幾乎是不斷躍升的過程。而曾經是銀河之都的川陀，則幾乎不斷在走下坡。可是卡爾根……

哈里．謝頓誕生前兩個世紀，卡爾根首先以度假勝地聞名於全銀河。整個世界投注於觀光娛樂，那是一本萬利的行業。

而且，那也是一種穩當的行業，甚至可說是全銀河最穩當的行業。當銀河所有的文明漸漸腐朽之際，卡爾根幾乎沒有受到絲毫影響。無論鄰近星區的經濟或社會如何變動，精英階級總是存在的。而有錢有閒正是精英階級的特點之一，這本身就是一種特權。

因此，卡爾根曾先後爲下列人士提供了最佳的服務——最先是帝國宮廷裡文弱驕矜的大員，以及他們身邊妖艷的姬妾；接著是那些以鐵血手段征服與統治世界的粗暴軍閥，以及他們所寵幸的蕩婦淫娃；後來，又換成了腦滿腸肥且生活豪奢的基地大亨，以及他們包養的那些蛇蠍心腸的情婦。

由於這些人士都是家財萬貫，卡爾根對他們一視同仁。此外，卡爾根一向來者不拒；永遠不愁沒有生意上門；領導階層又有足夠的智慧，從不干涉其他世界的政治，也未曾覬覦別人的領土。基於以上這些因素，它得以在動盪的銀河中一枝獨秀，在其他世界日漸蕭條的歲月裡，唯獨卡爾根愈來愈富庶繁榮。

騾的出現改變了一切。這位空前絕後的征服者只愛征戰，對其他一切無動於衷，卡爾根遂也難逃陷落的命運。所有的行星在他看來都是一樣的，連卡爾根也不例外。

其後十年間，卡爾根搖身一變，竟然變成整個銀河的首府；銀河帝國結束後的新興「帝國」便

「喔，天哪。」

「他還認爲謝頓計畫……」

嘉莉突然拍拍手。「我知道謝頓計畫。行商影片總是繞著謝頓計畫打轉，它的作用是讓基地永遠打勝仗。好像牽涉到什麼科學，不過我從來不明白其中的道理。每次聽到那些解釋，我就覺得很不耐煩。可是親愛的孩子，請你繼續講。你的解釋完全不同，你把每件事都講得清清楚楚。」

艾嘉蒂婭繼續說：「嗯，那麼您有沒有注意到，當騾打敗基地的時候，謝頓計畫並沒有生效，從此也一直沒有發揮作用。所以說，誰來建立第二帝國呢？」

「第二帝國？」

「是的，總有一天它會出現，但是又要如何建立呢？您瞧，這可是一個大問題。此外，還有一個第二基地。」

「第二基地？」她露出一副莫名其妙的表情。

「沒錯，他們遵循謝頓的心意，來策劃整個銀河的歷史。他們阻止了騾，因爲他揠苗助長，可是現在，他們也許在支持卡爾根。」

「爲什麼？」

「因爲現在，卡爾根最有可能成爲一個新帝國的核心。」

嘉莉貴婦似乎琢磨出這句話的含意。「你的意思是，卜吉會建立一個新帝國。」

「我們還不能確定。侯密爾叔叔是這麼認爲，但他得先看看騾留下的記錄，才能肯定這一點。」

「這一切實在非常複雜。」嘉莉貴婦半信半疑地說。

艾嘉蒂婭放棄了。她已經盡了最大的努力。

史鐵亭統領的心情可說相當不好。他接見了那個基地來的娘娘腔，卻沒有什麼收穫。更糟的是，這件事令他很沒面子。他是二十七個世界的唯一統治者，是銀河系最強大武力的最高統帥，擁有天下無敵的雄心壯志——卻和一個古董收藏家，扯了一堆毫無意義的廢話。

眞該死！

他分明是要破壞卡爾根的傳統，對不對？爲了這個傻子想再寫一本書，就能允許他進入騾殿翻箱倒櫃嗎？爲了科學！爲了神聖的知識！銀河啊！自己爲什麼要忍受那些義正辭嚴的高調？而且——他突然感到一陣微微刺痛——別忘了還有詛咒呢。他自己不相信，有頭腦的人都不會相信。但如果他決心向詛咒挑戰，也需要一個更好的理由，而不是這傻子提出的那些蠢話。

「你來幹什麼？」他突然吼道，嘉莉貴婦則嚇得僵立在門口。

「你在忙嗎？」

「沒錯，我現在很忙。」

「卜吉，可是現在沒有別人。我難道不能和你說幾句話嗎？」

「喔，銀河啊！你到底要說什麼？趕快。」

她結結巴巴地說：「那個小女孩告訴我，他們打算到騾殿裡頭。我想我們可以跟她一塊去，那裡面一定華麗無比。」

「她那樣告訴你的嗎？哼，她去不成，我們也不去。你去忙你的吧，我已經讓你煩透了。」

「可是，卜吉，爲什麼呢？你不準備批准他們嗎？那個小女孩說，你會建立一個帝國！」

「我才不管她說什麼——等一等，她說什麼？」他大步走向嘉莉，用力抓住她的手肘，五根指簡直讓人活不下去……

「我認爲，如果他們那些人還有理智，就絕不該重蹈覆轍，應該避之唯恐不及。我也認爲根本不是人民的意思；我想即使是卡爾根人，也寧願待在家中享受天倫之樂，而不願意到太空去橫衝直撞，然後葬身在星艦中。全都要怪那個可怕的人物，史鐵亭。眞奇怪，這種人怎麼會活到現在。他殺害了那個老傢伙——他叫什麼名字？對，薩洛斯——現在又準備要征服銀河。

「他爲什麼想要攻打我們，我實在搞不懂。他注定會失敗——就像以往每次一樣。也許這一切都在謝頓算計之中，可是有時我忍不住想，那必定是個邪惡的計畫，才會藏有那麼多的戰爭和殺戮。不過我對哈里·謝頓可沒有話說，我相信他知道得一定比我多得多，也許是我太笨了，才會質疑他的計畫。另外那個基地同樣欠罵。他們明明現在就能制止卡爾根，讓一切回到正軌。既然他們終將這麼做，我認爲，就該在戰禍發生之前趕緊行動。」

達瑞爾博士終於抬起頭來。「波莉，你在說什麼嗎？」

波莉的一雙眼睛睜得老大，隨即又氣呼呼地瞇起來。「沒有，博士，我什麼都沒說，也根本沒什麼好說的。在這個家裡，何止是說句話，就是死了也沒人注意到。忙進忙出，忙出忙進，就是沒時間開口說話……」她帶著一肚子悶氣離開了飯廳。

正如同沒有聽到她在說什麼一樣，達瑞爾博士幾乎沒注意到波莉已經離開。

卡爾根！眞無聊！那只是個有形的敵人！他們永遠是基地的手下敗將。

然而，眼前這個可笑的危機，他卻無法置身事外。七天前，市長正式邀請他出任「研究發展部」部長，而他答應今天會做出決定。

可是……

他感到坐立不安。市長竟然選上自己！但是他能夠拒絕嗎？這樣一來，就會顯得太不合情理，而他不敢冒這種險。畢竟，他並不需要擔心卡爾根。對他而言，敵人只有一個，始終只有一個。

妻子在世的時候，人生幸福美滿，他有充分的藉口逃避責任、離群索居。在川陀那段漫長而幽靜的日子，周遭全是荒蕪的廢墟！他們在那個殘破的世界上遺世獨立，渾然忘卻世間的一切！

可是她不久就去世了，前後還不到五年。從那時候起，他就知道，今後唯一能夠做的，便是和那些可怕而隱形的敵人奮戰一生——那些敵人控制了他的命運，剝奪了他做人的尊嚴，使他的人生變作絕望的掙扎；甚至連整個宇宙，都掌握在這些既可惡又可怕的敵人手中。

這可以稱作感情的昇華，至少他自己這麼想——總之，這種奮戰爲他帶來人生的意義。

他先來到聖塔尼大學，加入克萊斯博士的研究工作。那是獲益匪淺的五個年頭。

但克萊斯所做的僅止於蒐集數據，無法在眞正的問題上有所突破——當達瑞爾肯定這點之後，他知道是該離開的時候了。

雖然克萊斯的研究並不公開，但他難免需要助手與合作夥伴。此外，他還需要許多人腦樣本來做腦波測定，需要一所大學支持他。這些都是他的弱點。

克萊斯不能瞭解這一點，而達瑞爾也無法向他詳加解釋。兩人終於不歡而散。這樣也好，反正他們必須拆夥。他必須表現得放棄了一切——以防有人暗中監視。

克萊斯藉著圖表來分析腦波，達瑞爾則是使用心靈深處的數學概念。克萊斯與許多人合作，達瑞爾卻單打獨鬥。克萊斯待在一所大學裡，達瑞爾棲身於郊外靜謐的住宅中。

而他眼看就要成功了。

就大腦構造而言，第二基地份子根本不能算是人類。即使是最傑出的生理學家、最高明的神經化學家，也可能無法偵測出任何異狀——但差異一定存在。由於這種差異藏在心靈中，那裡必定存在偵測得到的跡象。

第二基地份子無疑都擁有類似騾的異能，姑且不論這種能力是先天或後天的。既然他們像騾一樣，具有偵測與控制人類情感的能力，理論上來說，應該能設計出一種電子電路，來測定他們的特殊腦波；而在腦電圖的詳細記錄中，他們的異能絕對無所遁形。

如今，克萊斯的幽靈化身爲得意門徒安索，再度闖進他的生命。

愚蠢！愚蠢！那些受干擾人士的腦電圖能做些什麼？自己幾年前已經發明出偵測的方法，可是又有什麼用？他需要反擊的武器，而不是偵測的工具。但他又必須答應與安索合作，因爲這樣才能掩人耳目。

現在這個研發部長的職位也一樣，同樣是個掩人耳目的妙著！他儼然成爲一個計中計的主角。一時之間，他又擔心起艾嘉蒂婭，趕緊狠下心來擺脫這個思緒。假使安索未曾出現，這件事就不會發生。假使安索未曾出現，除了他自己，不會有其他人的生命受到威脅。假使安索未曾出現……

他感到一陣怒火攻心——他氣已故的克萊斯，氣活著的安索，以及所有好心的笨蛋……

嗯，她會照顧自己的。她是個非常成熟的小女孩。

她會好好照顧自己的！

他心中悄悄這麼想……

她眞能照顧自己嗎？

當達瑞爾博士憂心忡忡地自我安慰之際，她正坐在銀河第一公民官邸辦公室的簡樸會客室中。她已經在這裡坐了半個小時，無聊地掃瞄著四面的牆壁。她隨著侯密爾·孟恩進入這間會客室的時候，曾注意到門口站著兩名武裝警衛。過去，這裡是從來沒有警衛的。

現在她一個人待在會客室裡，覺得室內每一件家具、每一項陳設都透著敵意。這是她生平第一次有這種感覺。

可是，爲什麼會這樣呢？

侯密爾正在覲見史鐵亭統領。嗯，這又有什麼不對嗎？

想到這裡，她突然怒不可遏。在膠捲書或超視的故事裡，每次出現類似情節，主角總是料得到下一步的發展，因而能有萬全準備。而她——她卻坐在那裡。任何事都可能發生，任何事！而她卻只能坐在那裡。

好吧，回憶一下。從頭想一想，也許能獲得一點靈感。

過去這兩週，侯密爾幾乎是住在騾殿裡面。在史鐵亭的許可下，他曾經帶她去過一次。騾殿裡面寬敞、幽暗而氣氛肅穆，一切都毫無生氣，彷彿沉睡在昔日的光輝中。偌大的建築物，只有腳步聲激起空洞而蕭瑟的回音。總之，她不喜歡那裡。

相較之下，還是首都寬闊熱鬧的街道、美侖美奐的劇院對她更具吸引力。這個世界雖然不如基地那般富有，卻捨得花更多的錢妝點門面。

侯密爾通常傍晚才回來，帶著一種敬畏的心情……

「我做夢也想不到有那種地方。假如我能把殿中的石頭一塊一塊敲掉，把發泡鋁一層一層拆下。假如我能把它們運回端點星——那會是一座什麼樣的博物館。」他常常發出如此的囈語。

他早先的遲疑似乎完全消失無蹤，現在的他既急切又狂熱。這點艾嘉蒂婭絕對可以肯定，因爲最近這些日子，他一點也不結巴了。

有一天，他對艾嘉蒂婭說：「我找到了普利吉將軍記錄的摘要。」

「我知道他。他是基地的叛徒，曾經爲了尋找第二基地翻遍了銀河，對不對？」

「艾卡蒂，嚴格說來他並非叛徒。是騾令他『回轉』的。」

「喔，那還不是一樣。」

「唉，你所謂的翻遍了銀河，那是一項毫無希望的任務。四百年前，爲了籌設兩個基地而召開的謝頓大會，它的原始記錄只有一處提到第二基地。說它設立在『銀河的另一端，群星的盡頭處』。那就是騾和普利吉唯一的線索。當年他們即使找到第二基地，也根本無法確認。眞是瘋狂的行動！

「他們擁有的記錄，」他是在自言自語，不過艾嘉蒂婭聽得很用心。「一定涵蓋了將近一千個世界；但他們需要探索的世界，卻勢必接近一百萬個。我們的情況也好不到哪裡去……」

「噓——」艾嘉蒂婭急忙阻止他再說下去。

侯密爾愣住了，好一陣子才恢復正常。「咱們別說了。」他咕噥道。

現在，侯密爾正在覲見史鐵亭統領，而艾嘉蒂婭孤伶伶地等在外面。不知道爲什麼，她覺得心臟裡的血液全被擠了出來。這種莫名其妙的感覺，其實是最恐怖不過的。

而在隔壁房間，侯密爾也像是全身陷入黏膠之中。他拚命努力想把話說清楚，不過當然徒勞無功；他的口吃再度復發，而且變得比以前更嚴重。

史鐵亭統領全副戎裝，他身高六呎六吋，下顎寬大，嘴角輪廓分明。他始終雙手握拳，還不時用力揮舞，以增強說話的氣勢。

「好啊，你忙了兩個星期，現在卻向我交白卷。孟恩先生，沒關係，告訴我最壞的情況吧。是不是我的艦隊會全軍覆沒？是不是除了第一基地的人員，我還得和第二基地的幽靈作戰？」

「我……我再強調一次，大統領，我不是……預……預言……預言家。我……我完全搞……糊塗了。」

「你是不是想回去警告你的同胞？你少在我面前玩這種把戲。我要你說實話，否則我就自己動手，把實話連同你的內臟一塊挖出來。」

「我說……說的都是實話，大……大統領，我還想提……提醒您，我是基地的公民。您……您不可以碰我，不然會吃……吃……吃不了兜著走。」

卡爾根統領縱聲狂笑。「這種話只能嚇唬小孩子，這種威脅只能讓白癡卻步。得了吧，孟恩先生，我對你已經很有耐心。我花了二十分鐘聽你滿口胡說八道，而你一定好幾個晚上沒睡覺，才能編出這種無聊的故事。你這樣做是白費力氣。我知道你來這裡，絕不只是撿拾騾的骨灰而已——你另有不可告人的目的。難道不是嗎？」

這時，侯密爾．孟恩再也無法澆熄眼中的恐懼熾焰，甚至連呼吸都有困難。史鐵亭統領將一切看在眼裡，還故意伸手拍拍這個基地人的肩膀，孟恩果然連人帶椅子一起搖晃。

「很好，現在讓我們開誠佈公。你一直在研究謝頓計畫，而你知道它已經失效。或許你還知道，如今我成了必然的贏家，我和我的繼承人將君臨天下。唉，老弟，只要能夠建立第二帝國，由誰來建立又有什麼關係？歷史是鐵面無私的，對不對？你不敢告訴我嗎？其實我已經知道你的任務了。」

孟恩以嘶啞的聲音說：「您……您到底想要……要什麼？」

「我要你留下來。我不希望由於過度自信，破壞了這個新的計畫。關於這些事，你懂得比我多，萬一我忽略了任何小問題，你一定能察覺。來吧，事成之後我會好好犒賞你；你會獲得數不清的戰利品。你能指望基地做些什麼呢？扭轉幾乎已成定局的頹勢嗎？讓戰事延長嗎？或者你只是基於愛國心，一心想要爲國捐軀？」

「我……我……」除此之外，他半個字也沒有吐出來，最後只好閉上嘴巴。

「你給我留下來。」卡爾根統領志得意滿地說：「你沒有選擇的餘地。等一等——」他突然想到另一件事，「我獲得了一項情報，說你的姪女是貝泰．達瑞爾的後人。」

侯密爾吃了一驚，脫口而出：「沒錯。」到了這個關頭，除了坦承事實，他不相信自己有能力編織任何謊言。

「他們這個家族在基地很有名望？」

侯密爾點了點頭。「基地絕對不會坐……坐視他們受到傷害。」

「傷害！老弟，別傻了，我打的主意正好相反。她多大了？」

「十四歲。」

「啊！沒關係，即使是第二基地，或者哈里．謝頓本人，也都無法阻止時光流逝，不准小女孩長大成人。」

他突然一轉身，奔向一道側門，將門簾用力一扯。

然後他怒吼道：「你這賤人死到這裡來做什麼？」

嘉莉貴婦對他猛眨眼睛，細聲答道：「我不知道還有別人。」

「哼，的確還有別人。我等一下再和你算帳，現在我只想看到你的背影，趕快向後轉。」

她立刻奔向走廊，細碎的腳步聲漸行漸遠。

史鐵亭又走回來。「她是我生命中的一個小插曲，已經拖得太久，很快就會結束了。你剛才說，她才十四歲？」

侯密爾瞪著他，心底冒出一種嶄新的恐懼！

此時，艾嘉蒂婭則瞪著一扇悄悄打開的門——她的眼角瞥見一個細碎的動作，令她大吃一驚。原來是門後伸出一根手指頭，向她一屈一伸比劃著，好像急著把她叫出去，她卻久久沒有反應。後來，或許是她看清了那個蒼白、顫抖、焦急的身形，這才躡手躡腳走向門口。

然後，兩人便慌慌張張沿著長廊走下去。帶走艾嘉蒂婭的當然是嘉莉貴婦，她現在正緊緊抓著女孩的手。艾嘉蒂婭雖然被她抓疼了，不過仍然安心跟著她走。至少，她對嘉莉貴婦並沒有恐懼感。

可是，這又是爲什麼呢？

他們來到貴婦的閨房，整個房間都是粉紅色系列，看來像是一家糖果店。嘉莉貴婦站在門口，用背抵住房門。

她說：「你知道嗎，這是從他的辦公室，到我……我的房間的一條專用走道。他，你知道是誰吧。」她伸出拇指向背後指了指，彷彿即使只是想到他，都會令她嚇得半死。

她並不是在躲避史鐵亭統領，也不是在逃避他手下的鷹犬——甚至並非想要逃離他所統治的二十七個世界，雖然那些世界都已經佈下天羅地網。

她逃避的對象，其實是那名幫助自己脫逃的弱女子。沒錯，「弱女子」給了她許多現金與珠寶，並且冒著生命危險拯救她。可是艾嘉蒂婭知道——絕對可以確定——她是第二基地的女特務。

一輛計程飛車迅速來到，在候車亭外的起落架上緩緩停妥。飛車帶來的一陣風拂到艾嘉蒂婭臉上，雖然她戴著嘉莉送她的毛皮頭巾，頭髮還是被吹亂了。

「小姐，去哪兒？」

她拚命降低自己的聲調，希望能掩飾稚嫩的童音。「本市有幾個太空航站？」

「兩個。去哪個？」

「哪一個最近？」

司機瞪著她說：「小姐，卡爾根中央站。」

「請帶我去另外那一個。別擔心，我有錢。」她手中抓著一張面額二十元的卡爾根幣。她對這個數目沒有什麼概念，司機則滿意地咧嘴一笑。

「小姐，去哪兒都成。『天路』計程飛車能帶你去任何地方。」

她將臉頰貼在冰冷而稍帶霉味的椅套上，盯著下方緩緩退卻的萬家燈火。

她該怎麼辦？該、怎、麼、辦？

直到那一刻，她才瞭解自己是個愚蠢——愚蠢至極的小女孩，孤苦無依，充滿恐懼。她眼中噙著淚水，喉嚨深處發出無聲的抽噎，牽動了五臟六腑。

她並不怕被史鐵亭統領逮捕。嘉莉貴婦不會讓這種事發生。嘉莉貴婦！她又老、又肥、又笨，竟然有辦法抓住統領的心。喔，現在眞相大白了，一切都眞相大白了。

那次嘉莉請她喝茶，她自以爲曾有精采的演出。精明的小艾嘉蒂婭！她的內心感到窒息，感到憎恨自己。嘉莉接見她是早有預謀，也許史鐵亭也中了她的計，才會在最後關頭批准侯密爾進入驟殿。她，大智若愚的嘉莉，早已計畫好這一切，可是又另有安排，讓聰明的小艾嘉蒂婭提出一個無懈可擊的理由。這個理由不會引起任何當事人的懷疑，卻能將她自己的介入程度減到最小。

可是爲什麼自己重獲自由呢？侯密爾當然已經成了階下囚……

除非……

除非，她一回到基地就會成爲誘餌——引誘其他人自投羅網……

所以她不能回基地去……

「小姐，太空航站。」計程飛車早已停妥。奇怪！她根本沒有注意到。

簡直像一場迷離的夢境。

「謝謝你。」她看也沒看，就把那張鈔票塞給司機，然後跌跌撞撞走出車門，奔越過富有彈性的車道。

眼前是一片燈海，以及來來往往的男女老幼。頭上是巨大而閃爍的佈告板，上面的指針隨著太空船的起降而移動。

她要到哪裡去？她根本不在乎。她只知道自己不能回到基地！除此之外，任何地方都可以。

喔，多虧謝頓保佑，才出現那意外的一刻——最後的幾分之一秒，嘉莉厭倦了繼續表演下去，

「超波中繼器可以用微型的……導線……晶片……太空啊，總共有好幾百個電路。」

「我知道。到底有多大？」

琵米克用兩隻手比了比。

「太大了。」達瑞爾說：「我需要把它掛在腰際。」

他將草圖慢慢揉成一團，等到整張紙變成一個堅硬的小球，才把它丟進煙灰處理器中。紙球的分子瞬間被分解殆盡，化成一團白熾的光焰。

他問道：「誰在門口？」

琵米克俯身面向書桌，看了看叫門訊號上方的乳白色小螢幕，然後說：「是那個叫安索的年輕人，還有一個人和他在一起。」

達瑞爾把自己的椅子往後推。「琵米克，暫時不要對任何人提這件事。萬一被『他們』發現，知道內情的人都有生命危險，賭我們兩條命已經夠了。」

在琵米克的研究室中，裴禮斯．安索現在是所有活動的焦點，他的青春活力甚至還傳染給研究室的主人。安索穿著一件寬鬆的夏袍，在這間靜謐悠然的房間中，他的袖子似乎仍然隨著外面的微風起舞。

他忙著介紹：「達瑞爾博士，琵米克博士——歐如姆．迪瑞吉。」

那個人身量很高。他有一根直挺的長鼻子，使得瘦削的面容帶著幾分憂鬱。達瑞爾博士向他伸出手來。

安索帶著淡淡的笑容，繼續介紹道：「迪瑞吉是一名警官，」接著，又意味深長地說：「卡爾根的警官。」

達瑞爾立刻轉身瞪著安索。「卡爾根的警官。」他一字一頓地重複了一遍，「你卻把他帶來這裡。為什麼？」

「因為他是最後一個在卡爾根見到令嫒的人。老兄，別衝動。」

安索得意的神情頓時轉趨嚴肅，他擋在兩人中間，用盡全身的力氣攔住達瑞爾。然後，他再慢慢地、堅決地將後者按回椅子裡。

「你想要幹什麼？」安索將一綹垂到前額的棕髮向後一掠，然後一屁股坐上了書桌，若有所思地晃動著一條腿。「我以為我帶給你的是個好消息。」

達瑞爾直接衝著那名警官問道：「他說你是最後一個見到小女的人，這話是什麼意思？小女死了嗎？請你直截了當告訴我。」他心急如焚，臉色一片死灰。

迪瑞吉警官面無表情地說：「請注意，我是最後一個『在卡爾根』見到令嫒的人。她已經不在卡爾根，其餘的我就不知道了。」

「聽我說，」安索插嘴道：「讓我直說好了。博士，如果我剛才的表演誇張了點，我向你道歉。你對這件事一直表現得不近人情，令我忘了你還有七情六慾。首先我要強調，迪瑞吉警官其實是我們自己人。他雖然生在卡爾根，但他的父親是基地人，當年被騾徵到卡爾根去服役。我願意擔保他對基地的忠誠。

「當孟恩的每日例行報告無故終止後，第二天我就和迪瑞吉聯絡上……」

「為什麼？」達瑞爾突然厲聲打斷對方，「我以為，我們早已決定對這個變化不採取任何行動。你這樣做，會讓他們和我們都有生命危險。」

「因爲，」對方同樣厲聲答道：「我玩這場遊戲比你玩得更久。因爲，我在卡爾根有幾個自己人，而你卻沒有。因爲，我是根據更深入的情報採取行動，你能瞭解嗎？」

「我認爲你已經徹底瘋了。」

「你願不願意聽我說？」

頓了一頓之後，達瑞爾垂下眼瞼。

安索噘著嘴唇，做出一個似笑非笑的表情。「很好，博士，給我幾分鐘的時間。迪瑞吉，告訴他。」

迪瑞吉一口氣說道：「達瑞爾博士，據我所知，令嬡如今在川陀。至少，當她出現在東郊太空航站的時候，手中握著去川陀的船票。當時她和川陀來的一名貿易代表在一起，那人自稱是她的叔叔。博士，令嬡似乎特別喜歡蒐集親戚。幾週以來，她已經多了兩位叔叔，對不對？那個川陀人甚至試圖賄賂我——也許直到現在，他還以爲那就是我放走他們的原因。」想到這件事，他露出了一個冷笑。

「她怎麼樣？」

「我看不出來她受到任何傷害。她只是嚇壞了，這是難免的。所有的警察都在找她，至今我還不明白爲什麼。」

達瑞爾似乎窒息了好幾分鐘，直到現在才喘了一口氣。他感到雙手不停顫抖，費了好大力氣才控制住。「這麼說，她眞的沒事。那個貿易代表，他又是什麼人？再回到他身上，他在其中扮演什麼角色？」

「我實在不知道。你對川陀略有瞭解嗎？」

「我在那裡住過。」

「它現在是個農業世界。主要出口牲畜飼料和穀物，都是上等貨！外銷整個銀河系。在那顆行星上，有十幾二十來個農產合作社，每個合作社都有自己的貿易代表。都是既機靈又精明的傢伙——我查過那人的記錄，他以前就來過卡爾根，通常都跟他太太一起來。百分之百誠實，百分之百好好先生。」

達瑞爾點了點頭。

「嗯——嗯，」安索說：「艾嘉蒂婭是在川陀出生的，博士，對嗎？」

「你瞧，那一切就合拍了。她想要逃離卡爾根——逃得愈快愈遠愈好——而川陀是很好的選擇。你難道不這麼想嗎？」

達瑞爾說：「為什麼不回這裡來？」

「也許她被人追捕，覺得一定要把敵人引開，你說是嗎？」

達瑞爾博士沒有心情繼續問下去。好吧，就讓她安穩地待在川陀，只要她能安然無恙，待在這個黑暗而恐怖的銀河中任何角落都沒關係。他向門口蹣跚走去，卻感到安索輕輕抓住自己的衣袖，於是他停下腳步，但沒有轉過頭來。

「博士，我跟你一塊回家好嗎？」

「當然好。」他隨口答道。

傍晚時分，達瑞爾博士最表面的那層性格——與他人直接接觸的那一層——再度凍結了起來。他不肯吃晚餐，卻懷著滿腔狂熱的情緒，重新拾起腦電圖分析的複雜數學，希望能夠再有一絲一毫的進展。

直到接近午夜時分，他才又來到起居室。

裴禮斯．安索仍然待在那裡，正撥弄著超視的遙控器。聽到身後傳來腳步聲，他立刻轉頭看了一眼。

「嗨，你還沒睡啊？我花了好幾個小時守在超視前面，想看看除了新聞報導之外的節目。基地星艦侯伯．馬洛號好像延誤了行程，而且已經失去聯絡。」

「真的嗎？當局懷疑什麼？」

「你自己又怎麼想呢？卡爾根搞的鬼嗎？根據報導，在侯伯．馬洛號最後的發訊地點附近，有人目擊了卡爾根船艦的蹤跡。」

達瑞爾聳聳肩，安索則撫摸著額頭，露出狐疑的表情。

「博士，我問你，」安索說：「你爲什麼不去川陀？」

「我爲什麼要去？」

「因爲你留在這裡，對我們毫無幫助。你現在六神無主，這是一定的。你到川陀去，至少可以完成一項工作。在那個昔日的帝國圖書館中，藏有謝頓大會的完整會議記錄……」

「沒有！那個圖書館曾經被翻遍了，找不到什麼有用的東西。」

「艾布林．米斯曾有所發現。」

「你又怎麼知道？沒錯，他聲稱自己找到了第二基地，而五秒鐘後，我母親就殺了他。因爲唯有這樣做，才能防止他無意中將這個祕密洩露給騾。但是這樣一來，你也知道，她卻再也無法確定米斯是否眞的知道答案。畢竟，沒有人曾經從那些記錄中導出眞相。」

「你應該記得，艾布林．米斯是在騾的心靈驅策之下進行工作的。」

「這點我也知道，但正是因爲這樣，米斯當時的精神狀態並不正常。心靈一旦受到外力控制，究竟會發生什麼變化，會產生什麼能力，又會有什麼缺陷，你我對這些問題有任何概念嗎？反正無論如何，我都不會到川陀去。」

安索皺起眉頭。「好吧，何必那麼激動呢？我只不過是建議……唉，太空啊，我實在不瞭解你。你看來好像老了十歲。這些日子以來，你顯然很不好過。你在這裡無法做出任何貢獻。假如我是你，我會立刻動身，把女兒接回來。」

「完全正確！這正是我想要做的，而這也正是我不要做的原因。安索，聽好，用心體會一下。你正在——我們正在對付一個實力懸殊的敵人。無論你心中有多少瘋狂的幻想，只要你冷靜下來，就會承認這件事實。

「我們五十年前就知道，第二基地才是謝頓數學的眞正傳人。這句話的意思，你心中也很明白，就是說銀河系所發生的每一件事，盡皆在他們算計之中。對我們而言，生命是一連串的偶然，需要隨機應變。對他們而言，每一件事都有既定目標，都要按照計畫逐步執行。

「不過他們自有弱點。他們的研究成果是統計性的，對人類的群體行動才眞正具有意義。在可預見的歷史中，我個人究竟扮演什麼樣的角色，我實在不知道。或許我並沒有固定的角色，因爲謝頓計畫允許個人擁有自由意志和不確定性。可是，我的地位還是很重要，而他們——他們，你知道我在說誰——也許至少計算過我的可能反應。因此，我不信任自己任何的衝動、渴望，以及所有可能的反應。

「我故意要呈現最不可能的反應。我決定留在這裡，即使事實上我實在太想去川陀。我不去！

正是因為我實在太想去了。」

年輕人露出苦笑。「他們可能比你更瞭解你自己的心意。假如說，他們對你瞭若指掌，或許就會故意要你表現出『自以為』極不可能的反應，因為他們預先知道了你的思維方式。」

「果眞如此，我就走投無路了。因為如果我遵循你剛才的推論，決定去川陀，他們也可能預見了這一步。這就構成一個永無止境的正反、正反、正反、正反命題。不論我多麼深入這個循環，也只能有去、留兩種選擇。他們用那麼複雜的計謀，大老遠把我女兒拐騙到銀河的中心，不可能是要讓我留在原處。因為假如他們毫無行動，我更能確定哪裡都不會去。他們一定是要我去川陀，所以我偏要留下來。

「此外，安索，第二基地並不一定能左右一切；並非任何事件都一定是他們的傀儡戲。艾嘉蒂婭前去川陀，可能和他們並沒有關係，或許當我們都死光了之後，她還安穩地住在川陀。」

「不對，」安索突然叫道：「你開始扯遠了。」

「你另有解釋嗎？」

「我有——只要你願意聽。」

「喔，說吧。我有這個耐心。」

「好的，我問你——你對自己的女兒有多麼瞭解？」

「一個人對另一個人能夠瞭解多少？我對她的瞭解當然有限。」

「照你這樣說，我同樣不瞭解她，也許還及不上你——但至少，我是以毫無成見的角度審視她。第一點：她是個無藥可救的浪漫派，是你這個象牙塔學究的獨生女。她在超視和膠捲書的冒險世界中成長，一直生活在自己塑造的諜報陰謀幻想中。第二點：她非常聰明，至少有本事勝過我們。她暗中計畫要偷聽我們第一次的密商，結果成功了。她暗中計畫要跟孟恩一塊去卡爾根，結果也成功了。第三點：她對她的祖母——也就是令堂——懷有無比的英雄崇拜，因爲她曾經擊敗騾。

「目前爲止，我說得都對，是吧？很好，話說回來，我和你不同的是，我接到了迪瑞吉警官的完整報告。此外，對於卡爾根，我的情報來源相當完善，而所有的情報都能互相印證。例如我們知道，當侯密爾．孟恩第一次求見卡爾根統領時，統領根本拒絕他進入騾殿，可是在艾嘉蒂婭和嘉莉貴婦——第一公民的密友——一席話之後，第一公民就突然回心轉意。」

達瑞爾插嘴道：「你又是怎麼知道這些的？」

「原因之一，迪瑞吉曾經詢問過孟恩，這是警方尋找艾嘉蒂婭的例行公事。我這裡自然有一份完整的問答筆錄。

「再來談談嘉莉貴婦這個人。有謠言傳說她早已失寵，可是謠言敵不過事實。她不但沒有被打入冷宮，還有辦法說服統領接受孟恩的請求，甚至能公開策動艾嘉蒂婭的逃亡。哈，史鐵亭官邸周圍的衛兵，十幾個人都作證說當晚看到她倆在一起。雖然表面上，整個卡爾根都在努力搜尋艾嘉蒂婭的下落，嘉莉卻沒有受到任何懲罰。」

「你滔滔不絕講了這麼多不相干的事，結論究竟是什麼？」

「艾嘉蒂婭的逃亡是早就安排好的。」

「我早就說了。」

「不過我有一點補充。艾嘉蒂婭一定也知道這是預先安排好的。這個機靈的小女孩能看穿任何陰謀，這次也不例外，而且她的推理方式和你一樣。她料到他們想要她回到基地，所以她故意去了川陀。可是，她爲什麼選擇川陀呢？」

「是啊，爲什麼？」

「因爲貝泰——她的祖母兼偶像——當年逃避戰亂，最後就是逃到那裡。有意無意間，艾嘉蒂婭模仿了這件事。所以我在想，艾嘉蒂婭是否也在逃避相同的敵人。」

「騾嗎？」達瑞爾帶著點諷刺的口吻問道。

「當然不是。我的意思是同類型的敵人，他們具有令她無法抗衡的精神力量。她是在逃避第二基地，或說第二基地在卡爾根的勢力。」

「你所謂的勢力是什麼意思？」

「他們的威脅無處不在，你以爲卡爾根會免疫嗎？我們可說得到了一致的結論：艾嘉蒂婭的逃亡是預先安排好的。對不對？她遭到追捕，而且被找到了，卻在最後關頭由迪瑞吉故意放她走。由迪瑞吉放她走，你懂不懂？但這又是爲什麼呢？因爲他是我們的人。可是他們又如何知道這件事？他們當然無法仰賴他的雙重身分？博士，嗯？」

「現在你又說，他們眞的想要把她捉回來。老實講，安索，你讓我有點煩了。趕緊說完，我要去睡覺了。」

「我馬上就可以說完。」安索從內層口袋掏出幾張相片，那是達瑞爾再熟悉不過的腦電圖顫動波紋。「迪瑞吉的腦波，」安索若無其事地說：「在他抵達之後做的。」

達瑞爾用肉眼就能看得一清二楚。他抬起頭來，臉色一片灰白。「他受到控制了。」

「正是如此。他會放走艾嘉蒂婭，並非因爲他是我們的人，而是因爲他聽命於第二基地。」

「即使他知道她要去川陀，而不是回端點星？」

安索聳了聳肩。「他受到的操控就是要放她走。這一點，他自己根本無法改變。你瞧，他只是一個工具而已。偏偏艾嘉蒂婭選擇了最不可能的途徑，所以也許還算安全。或者說，在第二基地變更計畫、重新掌握情勢之前，她至少還能平安無事……」

他突然住口，因爲超視上一個小訊號燈突然閃起。這個小燈屬於一個獨立線路，專門代表將有緊急新聞快報。達瑞爾也看到了，他以機械式的動作立刻打開超視接收機。此時快報已經報了一半，但在那段報導結束之前，他們便已知曉主要的內容。侯伯．馬洛號——或者應該說它的殘骸——在太空中被發現了，這是近半個世紀來基地的第一場戰事。

安索露出凝重的神色。「好啦，博士，你聽到了。卡爾根已經發動攻擊，而卡爾根是在第二基地控制之下。你要不要跟隨令嬡的腳步，動身到川陀去？」

「不要。我要賭一賭，就在這裡。」

「達瑞爾博士，你還不如令嬡那般聰明。我懷疑你究竟有多麼値得信任。」他直勾勾地瞪著達瑞爾良久，然後一言不發就離開了。

不一會兒，達瑞爾也離開了起居室。他一片茫然——而且幾乎絕望。

只剩下沒有觀衆的超視，兀自不停呈現影像與聲音，詳述著基地與卡爾根開戰後，第一個小時內的各種緊張戰情。

17 戰爭

基地市長摸了摸禿得只剩一圈的頭髮，深深嘆了一口氣。「我們浪費了許多年的時間；我們坐失了太多良機。達瑞爾博士，我不想怪誰，我們打敗仗是活該。」

達瑞爾以沉穩的語氣說：「閣下，我看不必這麼缺乏自信。」

「缺乏自信！缺乏自信！銀河在上，達瑞爾博士，你有任何樂觀的理由嗎？到這裡來……」

達瑞爾半推半就地來到一個小巧的力場支架旁，支架上擺放著一個卵形透明體。市長輕輕碰了一下，透明體內部就發出光亮——那是銀河雙螺旋的逼真三維模型。

「黃色的部分，」市長激動地說：「是基地所控制的星空；而紅色的區域，則在卡爾根控制之下。」

達瑞爾看到一個深紅色的球形區域，它幾乎被一隻黃色的大手緊緊抓住，只有面對銀河中心那一側例外。

「銀河地理是我們最大的敵人。」市長說：「連將領們都不諱言，我們的戰略位置幾乎沒有任何希望。你注意看，敵人有完善的內線聯繫。他們兵力集中，每一側都能輕易迎戰我軍，並能以最小的兵力防衛本土。

「我們則是擴散的。在基地領域中，兩個住人星系的平均距離幾乎是卡爾根的三倍。比如說，假如雙方都不越過邊界，那麼從聖塔尼到盧奎斯，我們的航程是二千五百秒差距，可是對方只需要飛八百秒差距……」

達瑞爾說：「閣下，這些我全部瞭解。」

「可是，你不瞭解這幾乎就代表戰敗。」

「對戰爭而言，還有比距離更重要的因素。我說我們不會打敗，那簡直是不可能的事。」

「你這麼說有什麼根據？」

「根據我自己對謝頓計畫的詮釋。」

「喔，」市長噘了噘嘴，雙手放在背後互相拍打著。「所以，你也指望第二基地的神祕援手。」

「不。我指望的是歷史必然性——以及勇氣和毅力。」

但在信心十足的外表下，他卻懷疑……

萬一……

唉——萬一安索說得對，卡爾根真是那些精神術士的工具。萬一他們的目的是要擊敗並摧毀基地。不！這太不合理了！

可是……

他露出了苦笑。情況總是這樣：總是他們面對一塊看不透的花崗岩，而它在敵人眼中卻是透明的水晶球。

銀河地理的眞理，史鐵亭也瞭然於胸。

這位卡爾根統領站在一個銀河模型前，它和市長與達瑞爾面對的那個一模一樣。唯一不同的是，令市長皺眉頭的地方，卻使史鐵亭發出會心微笑。

他穿著閃閃發光的艦隊司令制服，更襯托出他的魁梧身形。「騾勳章」的深紅色綬帶掛在他的右肩，從胸前一直延伸到腰際。這枚勳章是前任第一公民頒給他的，而在受勳六個月後，他就強行接收了這個頭銜。他的左肩還掛著一枚閃爍的銀色星章，上面有兩顆彗星與數把寶劍的圖樣。

他正在對參謀本部的六名軍官訓話，他們也是一身戎裝，只不過掛的勳章沒有那麼多。此外瘦削灰髮的首相也在場——處身於閃閃星光中，他顯得黯然失色。

史鐵亭說：「我想決心已十分明確，我們不妨繼續等待。對敵軍而言，多拖一天，士氣就多受一次打擊。敵軍若試圖防禦領域的每一部分，兵力就會極度分散，我軍便能從這裡和這裡同時發動攻擊。」他在銀河模型上指了兩個地方——被黃色巨掌捏住的紅色球體，自那兩點射出兩支白色長矛，從兩側切斷由端點星延伸出來的基地領域。「這樣一來，便能將敵軍艦隊一分為三，然後再各個擊破。倘若敵軍集結兵力，就得主動放棄三分之二的領域，還得冒著叛亂的危險。」

一片靜默中，只能聽到首相細弱的聲音。「多等六個月，」他說：「基地就有六個月的喘息時間，實力會大為增強。大家都知道，他們的資源比我們豐富；他們的星艦數目多過我們；他們的人力幾乎取之不盡、用之不竭。或許，發動閃電攻擊會比較保險。」

在這間會議室，這個聲音的影響力當然最小。史鐵亭統領微微一笑，斷然揮了揮手。「多等六個月——必要的話甚至一年——對我們毫無損失。基地軍民根本無從準備，他們的意識形態會把他們害慘。他們根深柢固地相信第二基地會來拯救他們。這次可不會，對不對？」

會議室中起了一陣不安的騷動。

「我知道，你們都缺乏信心。」史鐵亭以冷淡的語調說：「我們派到基地領域的間諜傳回來的報告，有沒有必要再重述一次？或者，有沒有必要再說一次那個基地間諜，如今轉而為我們……嗯……工作的侯密爾．孟恩先生的研究結果？諸位，讓我們散會吧。」

史鐵亭回到休息室，臉上依舊掛著剛才的笑容。有些時候，他對那個侯密爾．孟恩仍有疑慮。

那個古怪而又沒骨氣的傢伙，一定總是說話不算話。但他能提出眾多有趣的資料，而且相當具說服力——尤其是嘉莉也在場的時候。

他的笑容更加燦爛了。畢竟，那個又肥又蠢的婆娘還是有點用處。至少，光憑甜言蜜語，她就比自己更能從孟恩那裡挖到情報，幾乎不費吹灰之力。何不把她送給孟恩算了？他皺起眉頭。嘉莉，滿腦子愚蠢醋勁的嘉莉。太空啊！她怎麼將達瑞爾小姐放走了——他爲什麼還不把嘉莉的腦袋輾得粉碎？

他始終百思不得其解。

也許是因爲她和孟恩合得來，而他還需要孟恩。比如說，孟恩證明了一件重要的事實——至少驟本人不相信第二基地的存在。他的將領需要這種保證。

他很想公佈這些證據，不過，最好還是讓基地繼續沉迷在幻想中。眞是嘉莉指出這點的嗎？沒錯，她曾經說……

喔，荒唐！她不可能講過這種話。

可是……

他搖搖頭，將這個念頭甩掉了。

而她的回報又是什麼呢？唉，是把他們也拖下水，跟自己同歸於盡。她有沒有警告過他們，自己注定萬劫不復？沒有！她讓他們蒙在鼓裡，冒著生命危險來保護自己。

她實在受不了良心的譴責——可是她有選擇的餘地嗎？

她勉強打起精神，走下樓梯去吃早飯。走到一半，就聽到他們的談話。

普芮姆．帕佛扭了扭臃腫的脖子，才把餐巾塞進襯衣領子裡。然後他伸手抓了幾個白煮蛋，並露出無限滿足的表情。

「媽媽，昨天我進城去了。」他一面說，一面揮舞著叉子。吃了一大口之後，後面的話差點講不出來了。

「爸爸，城裡頭有什麼新鮮事？」「媽媽」隨口問道。她坐下來，仔細瞧了瞧餐桌，又起身去拿鹽巴。

「啊，不大好。有一艘從卡爾根方面來的太空船，帶來那邊的報紙。那裡發生了戰爭。」

「戰爭！眞的！嗯，如果他們的腦袋壞掉，就讓他們打個頭破血流好了。你的薪水收到了沒有？爸爸，我再跟你嘮叨一次。你該警告庫斯柯那個老傢伙，這個世界不是只有他一家合作社。你的薪水已經少得讓我在朋友面前抬不起頭，可是至少也該準時付啊！」

「準時，按時，即時。」「爸爸」沒好氣地說：「喂，別在餐桌上數落我，會害我每一口都噎在喉嚨裡。」他一面說，一面把怨氣發洩在奶油麵包上。然後，他又用較爲和緩的語氣說：「是卡爾根和基地在打仗，已經打了兩個月啦。」

他伸出兩隻手來模擬星戰，最後讓兩艘星艦撞到一塊。

「嗯——嗯。情況怎麼樣？」

「基地一直處於下風。嗯，你知道卡爾根，他們全國皆兵，早就有所準備。基地卻不一樣，所以——碰！」

「啊？」

「媽媽」突然放下叉子，壓低聲音說：「笨蛋！」

「呆頭鵝！你那張大嘴巴從來沒有閉上的時候。」

她伸手迅速一指，「爸爸」轉頭望去，便看到了僵立在門口的艾嘉蒂婭。

她問道：「基地在打仗嗎？」

「爸爸」不知所措地望著「媽媽」，然後點了點頭。

「他們打了敗仗？」

「爸爸」又點了點頭。

艾嘉蒂婭感到喉嚨哽住了，難過得受不了。她緩緩走到餐桌旁，輕聲問道：「戰爭結束了嗎？」

「結束了嗎？」「爸爸」故意用高亢的語調，把她的問話重複了一遍。「誰說結束了？打仗的時候，很多意料不到的事都會發生。而且……而且……」

「親愛的，坐下來。」「媽媽」以安慰的口吻說：「早餐之前誰都不准談正事。肚子裡沒有一點食物，可不是一種健康的狀況。」

艾嘉蒂婭卻沒有理會她。「卡爾根人已經登陸端點星了嗎？」

「沒有。」「爸爸」以嚴肅的口吻說：「我讀到的是上週的新聞，端點星還在繼續奮戰。這是事

「爸爸」則說：「媽媽，爲什麼表現得像個老婆婆呢？這是男人的工作，我不能帶你去。你以爲戰爭是什麼？玩耍嗎？兒戲嗎？」

「那你爲什麼還要去？你算是男人嗎，你這個老糊塗——已經一隻腳、半條胳膊進棺材啦。讓年輕小伙子去吧——你這個又胖又禿的老頭，逞什麼能？」

「我可沒有禿頭，」「爸爸」威風凜凜地回嘴道：「我的頭髮還多著哩。爲什麼不能讓我來賺這筆佣金呢？爲什麼要找年輕人？聽好，這可是幾百萬的財富。」

她心裡也明白，於是只好閉嘴。

在他動身之前，艾嘉蒂婭找他說了幾句話。

她說：「你眞要去端點星嗎？」

「有何不可？是你自己說的，那裡的人亟需麵包、米飯和馬鈴薯。所以，我去和他們做一筆生意，他們就有得吃了。」

「嗯，那麼——託你一件事：如果你去端點星，能不能……可否請你去看看我父親？」

「爸爸」的臉孔皺了起來，形成萬分同情的表情。「喔——根本不必你提醒我，我當然會去看他。我會告訴他說你很安全，一切都很好，等到戰爭結束，我就會帶你回去。」

「謝謝你。讓我告訴你怎麼找他。他的全名是杜倫·達瑞爾博士，住在史坦馬克鎭。那個小鎭就在端點市郊，你可以搭小型交通飛機去那裡。我們家的地址是海峽街五十五號。」

「等一等，我把它寫下來。」

「不，不。」艾嘉蒂婭急忙伸手阻攔，「你不能寫半個字，一定只能記在心裡——而且不可以請任何人幫忙找他。」

「爸爸」顯得莫名其妙，不過他只是聳聳肩。「好吧，就這麼辦。史坦馬克鎮海峽街五十五號，在端點市郊，可以坐飛機去。行了吧？」

「還有一件事。」

「啊？」

「你可不可以幫我帶一句話給他？」

「當然可以。」

「我要用悄悄話跟你說。」

他將胖胖的面頰湊近她，那句悄悄話就傳進了他耳朵裡。

「爸爸」的眼睛瞪得渾圓。「這就是你要我說的嗎？可是毫無意義啊。」

「他會知道你的意思。你只要告訴他這是我的口信，而且我說他會瞭解其中的意義。你要完全照我的話來說，一字不改。你不會忘記吧？」

「我怎麼會忘呢？只有五個字而已。聽我說……」

「不，不。」她急得直跳腳，「別說，別對任何人說。除非見到我父親，否則就當完全沒這回事。請答應我。」

「爸爸」又聳了聳肩。「好的！我答應你！」

「太好了。」她用哀戚的口吻說。等到「爸爸」沿著馬路走去，準備搭乘計程飛車到太空航站，艾嘉蒂婭卻覺得自己是將他送上死路，懷疑自己能否再見到他。

她幾乎不敢走進屋裡，再去面對善良慈祥的「媽媽」。也許當一切結束後，她最好馬上自殺謝罪。

「騾卻做到了。」

「一點都沒錯，因爲他不在算計之中——而您卻不一樣。更糟的是，人人都知道這個事實。所以您的艦隊在進行戰鬥時，總是擔心會被什麼未知力量擊敗。謝頓計畫的無形巨網罩在他們頭上，令他們畏畏縮縮，進攻之前猶疑不決，小心謹慎得過了頭。另一方面，同樣的巨網卻是基地的無形防護罩，使他們信心倍增，心中毫無畏懼，面對初期的挫敗仍能凝聚士氣。有什麼好怕的呢？回顧歷史，基地一向是先吃敗仗，卻總是贏得最後的勝利。

「閣下，可是您這邊的士氣呢？您一直踏在敵人的土地上。您自己的領土從未遭到入侵，至今沒有失守的危險——但您卻打了敗仗。甚至可以說，您自己也不相信有勝利的可能，因爲您知道那根本是幻想。

「所以說，認輸吧，否則您終將被迫屈膝。現在主動低頭，也許還能保留一點什麼。您一向倚仗武器和軍力，將這些有形力量發揮到極限。但是您始終忽略精神和士氣，最後終於敗在這些無形力量之下。現在，接受我的勸告吧。這裡現成有一個基地人，侯密爾．孟恩。趕快釋放他，送他回端點星，讓他把您的求和誠意帶回去。」

史鐵亭緊抿著蒼白而倔強的嘴唇，暗自咬牙切齒。但他還有別的選擇嗎？

新年後的第八天，侯密爾．孟恩終於告別卡爾根。他離開端點星已經超過七個月，在這段期間，曾經發生過一場激烈的戰爭，如今則只剩下一些盪漾的餘波。

當初，他自己駕船來到卡爾根，現在則有艦隊護送離去。當初，他是以私人身分前來，如今則是一位有實無名的和平特使。

對侯密爾而言，最大的變化則在於他對第二基地的看法。每當想到這裡，他就開懷大笑，並且想像著當自己向達瑞爾博士，以及那位年輕、能幹、精力充沛的安索，還有其他人揭示眞正的答案時，會是一幅什麼樣的畫面。

他知道了。他，侯密爾．孟恩，終於知道了眞相。

他終於停下來，滿臉通紅，氣喘吁吁。

孟恩輕聲問道：「安索，你現在願意聽我說嗎？或者，你還想繼續扮演一名口無遮攔的陰謀份子？」

「侯密爾，你儘管說吧，」達瑞爾道：「可是我們大家都要節制一點，別賣弄過分修飾的辭藻。它本身雖然沒有什麼不好，但此刻卻令我感到厭煩。」

侯密爾．孟恩靠回扶手椅的椅背，從手肘邊拿起一個玻璃瓶，小心翼翼地爲自己再斟滿酒。

「你們推派我到卡爾根去，」他說：「希望我能從騾殿的記錄中，盡可能找到有用的情報。我花了幾個月的時間做這件事，不過我一點也不居功。正如我剛才強調的，是聰明的艾嘉蒂婭從旁幫了大忙，我才得其門而入。我原來對騾的生平以及那個時代的認識，敢說已經小有成就。然而，由於接觸到那些別人都沒見過的原始文獻，經過數個月的努力，我又有了許多豐碩的收穫。

「因此，我現在擁有獨一無二的條件，能夠確實評估第二基地的危險性。比起我們這位愛衝動的朋友，我比他夠資格多了。」

「那麼，」安索咬牙切齒地說：「你又如何評估他們的危險性？」

「哈，等於零。」

短暫的沉默後，愛維特．瑟米克用難以置信的口氣問道：「你是說，危險性等於零？」

「當然啦。朋友們，根、本、沒、有、第、二、基、地！」

安索端坐在原處，緩緩閉上眼睛，而且臉色蒼白，面無表情。

孟恩成了注意力的焦點，他感到很得意，繼續說道：「更有意思的是，第二基地從來不曾存在。」

「你這個驚人的結論，」達瑞爾問道：「究竟有什麼根據？」

「我不承認這是驚人的結論。」孟恩答道：「你們都聽過騾尋找第二基地的故事。但你們可知道尋找的規模，以及專注的程度？他可以支配無窮的資源，而他的確毫不吝惜地投入。他一心一意要找到第二基地——但終究失敗了。他沒有發現第二基地的下落。」

「他幾乎沒有希望找得到。」屠博不耐煩地強調：「第二基地有辦法保護自己，不會讓任何搜尋者得逞。」

「即使搜尋者是具有突變精神力量的騾？我可不這麼想。請稍安勿躁，你們不可能指望我在五分鐘內，就把五十冊報告的摘要通通講完吧。根據剛簽訂的和約，那些文獻都將捐給『謝頓歷史博物館』永久保存，你們以後都能像我當初那樣，從從容容分析那些資料。到時候，你們會發現騾的結論寫得明明白白，那就是我剛才已經說過的：自始至終，第二基地都不存在。」

瑟米克插嘴問道：「好吧，那麼究竟是什麼阻止了騾？」

「銀河啊，你認為是什麼阻止他的呢？當然是死神，每個人遲早都會遇見祂。當今最大的迷信，就是認為戰無不勝、攻無不克的騾，是被某些比他更強的神祕人物所遏止。這是以錯誤觀點解釋每一件事的結果。

「整個銀河系當然人人都知道，騾是肉體和精神雙重畸形的人。他三十幾歲就死掉了，正是因為失調的身體再也無法苟延殘喘。而在最後那幾年，他一直病懨懨的。即使他健康情況最佳的時候，也比不上普通人的虛弱狀態。好的，他征服了整個銀河，然後由於大自然的規律，投向死神的懷抱。他能活那麼久，還能創下那麼大的功業，也實在是奇蹟了。朋友們，這些都清清楚楚記載在文獻裡。你們只需要有耐心，只需要試著用新觀點來解釋一切事實。」

達瑞爾若有所思地說：「很好，孟恩，讓我們試試看吧。這會是個很有趣的嘗試，即使沒有收穫，也能幫我們的腦袋上點油。對於那些受到干擾的人——一年多前，安索給我們看的那些記錄——你又做何解釋呢？請幫我們用新觀點來解釋。」

「太簡單了。腦電圖分析這門科學有多久的歷史？或者，換個方式來問，神經網路的研究有多麼完善了？」

「可以說，我們正在展開這方面的研究。」達瑞爾答道。

「好的。那麼，你和安索稱之爲『干擾高原』的那種現象，你們的解釋有多麼可信？你們提出了理論，可是自己又有多少把握呢？在其他證據都是負面的前提下，它足以證明某種強大力量的存在嗎？用超自然或神意來解釋未知現象，總是最簡單的做法。

「不過這也是人之常情。在銀河歷史上，有許多孤立的行星系退化成蠻荒世界的例子，我們從中學到了什麼呢？在每個個案中，那些蠻人都將他們無法瞭解的自然力量——暴風、瘟疫、乾旱——通通歸咎於比人類更有力量、更有本領的生命體。

「我相信，這就是所謂的『神人擬同論』。而在目前這個問題上，我們與蠻人無異，陷入窠臼而不自知。我們對精神科學一知半解，卻把我們不懂的一一歸咎於超人——在此就是第二基地，只因爲我們記得謝頓留下的那點暗示。」

「喔，」安索插嘴道：「原來你還記得謝頓，我以爲你把他給忘了呢。謝頓的確說過有個第二基地。這點請你解釋一下。」

「你可瞭解謝頓的整個意圖嗎？你可知道在他的計算中，牽涉到哪些必要因素嗎？第二基地也許是個非常必要的『稻草人』，在整個計畫中具有極特殊的目的。比方說，我們是如何打敗卡爾根的？屠博，你在最後的系列報導中是怎麼寫的？」

屠博挪動了一下壯碩的身軀。「對，我知道你想推出什麼結論。達瑞爾，我在戰爭末期到了卡爾根，那顆行星上的士氣低落得無法想像，這點非常明顯。我仔細看過他們的新聞記錄，而——嗯，他們竟然等著被打敗。事實上，他們都認爲第二基地最後勢必介入，而且當然是向基地伸出援手，因此全體軍民完全喪失鬥志。」

「說得很對。」孟恩道：「戰爭期間，我一直都在那裡。我告訴史鐵亭第二基地並不存在，而他相信了我。所以，他感到安全無虞。可是他沒辦法將民衆根深柢固的信念，在一朝一夕間扭轉過來，因此在謝頓安排的這場宇宙棋戲中，那個傳說終究成了非常有用的一步棋。」

但是安索突然睜大眼睛，以嘲諷的目光緊盯著孟恩沉著的面容。「我說，你在說謊。」

侯密爾臉色煞白。「你對我做這種指控，我絕對沒有必要接受，更別說需要回答。」

「我這麼說，毫無對你做人身攻擊的意思。你說謊是身不由己，你自己並不知道。但你還是說了謊。」

瑟米克將枯瘦的手掌放在年輕人的衣袖上。「年輕人，冷靜一點。」

安索甩開他的手，動作相當粗魯，並說：「我對你們都失去了耐心。我這輩子見過這人沒有幾回，卻發現他的改變令我無法置信。你們其他人都認識他好多年，可是全都忽略了。這簡直會把人氣瘋。你們認爲面前這個人是侯密爾．孟恩嗎？他並不是我所認識的侯密爾．孟恩。」

這句話引起一陣震驚，孟恩高聲吼道：「你說我是冒牌貨？」

「或許不是普通的冒牌貨，」安索也得用力喊叫，才能蓋過一片嘈雜。「不過仍然是冒牌貨。各位，請安靜下來！我要你們聽我說。」

他用兇狠的目光瞪著衆人，逼得大家都閉上嘴。「侯密爾．孟恩過去是什麼樣子，你們有誰還記得——我記得他是個內向的圖書館員，每次開口都顯得很害羞，說話的聲音既緊張又神經質，講到不太肯定的事就結結巴巴。可是現在這個人像他嗎？他辯才無礙，信心十足，開口閉口都是理論，而且，太空啊，他也沒有口吃了。這還會是同一個人嗎？」

現在連孟恩都有點迷惑了，於是裴禮斯．安索乘勝追擊。「好，我們要不要測驗他一下？」

「怎麼做？」達瑞爾問。

「你竟然問我怎麼做？眼前有個最明顯的辦法。你保有十四個月前幫他做的腦電圖記錄，對不對？重新再做一次，然後互相比較。」

他指著那位眉頭深鎖的圖書館員，兇巴巴地說：「我敢說他一定會拒絕接受分析。」

「我不會拒絕。」孟恩不甘示弱地說：「我始終都是我自己。」

「你又怎麼知道？」安索用輕蔑的語氣反問。「我還要得寸進尺。在座每個人我都不相信，我要大家通通接受分析。一場戰爭剛剛結束。孟恩在卡爾根待了好久；屠博隨著艦隊跑遍整個戰區；達瑞爾和瑟米克也曾經離開過——但我不知道兩位去了哪裡。只有我一直待在此地，與世隔絕而安然無事，所以我不再信任你們任何人。爲了公平起見，我自己也會接受測驗。你們大家是否同意？還是要我立刻告辭，去自行設法？」

屠博聳聳肩。「我不反對這個提議。」

「我已經說過了我不反對。」孟恩說。

瑟米克默默揮了揮手，表示他也同意。於是安索靜待達瑞爾表明態度，最後達瑞爾總算點了點頭。

「讓我先來吧。」安索說。

年輕的神經電學家坐在躺椅上一動不動，緊閉著眼睛，彷彿在沉思。與此同時，指針在網格紙帶上描繪出複雜的曲線。達瑞爾已經翻出舊檔案，從裡面掏出安索上次的腦電圖記錄，然後交給安索過目。

「這是你自己的簽名，對嗎？」

「沒錯，沒錯。這是我的記錄。趕快進行比對吧。」

掃瞄儀將新舊兩份記錄投射到螢幕上，兩者各自的七條曲線都清清楚楚。在黑暗中，孟恩以刺耳卻清晰的聲音說：「嗯，看那裡。那裡起了變化。」

「那是額葉的主波。侯密爾，它並沒有什麼意義。你指著的那些鋸齒狀波紋，只是代表憤怒的情緒。其他幾條曲線才能做準。」

他輕輕按下一個控制鈕，七對曲線便重疊在一起。除了兩條主波的細微振幅互有出入，其他六對曲線完全合而爲一。

「滿意了嗎？」安索問道。

達瑞爾略微點了點頭，自己坐上了躺椅。在他之後輪到瑟米克，接下來則是屠博。大家靜靜地接受測量，靜靜地比對結果。

孟恩是最後一位坐上躺椅的。他猶豫了一下，然後用絕望的口氣說：「好了，聽著，我是最後一個，而且我很緊張。我希望能將這些因素考慮進去。」

「一定會的。」達瑞爾向他保證，「意識的情緒只會影響到主波，沒有什麼重要性。」

上絕對沒有什麼第二基地。不瞞你說，我倒認爲是你瘋了。」

年輕人猛然轉身面向他。「那麼你就是一頭蠢豬。你以爲第二基地是什麼樣子？像一間小學學堂？你以爲在太空船降落的航道上，會有輻射場的緊緻波束構成的『第二基地』彩色字樣？屠博，聽我說。不論他們在哪裡，都必定形成一個嚴密的寡頭政體。他們一定會在存身的世界藏得很隱密，和那個世界在銀河中的地位一樣不起眼。」

屠博的面部肌肉不自主地扭曲。「安索，我不喜歡你這種態度。」

「這的確令我困擾。」安索故意反諷，「你在端點星放眼望望吧。這裡是第一基地的中樞、核心和起點，擁有第一基地的一切物理科學知識。可是，又有多少人是科學家呢？你會操作能源傳輸站嗎？你對超核發動機的運作原理又懂得多少？啊？在端點星——甚至在端點星——眞正的科學家也不會超過百分之一。

「而必須嚴守機密的第二基地情況又如何呢？眞正的行家同樣不會太多，而且即使在自己的世界上，他們照樣會隱姓埋名。」

「不過，」瑟米克謹愼地說：「我們剛把卡爾根打垮……」

「我們做到了，的確做到了。」安索又用諷刺的口吻說：「喔，我們大肆慶祝勝利。各個城市都依然燈火通明，人們還在街頭施放煙火，並且利用視訊電話大聲互道恭喜。可是話說回來，從現在開始，如果再要尋找第二基地，我們最不會注意的是哪個地方？任何人最不會注意的是哪個地方？啊？就是卡爾根！

「你該知道，我們並沒有傷到他們，沒有眞的傷到。我們擊毀了一些星艦，打死了幾千人，粉碎了他們的帝國夢，接收了一些貿易和經濟勢力——可是這些通通毫無意義。我敢打賭，卡爾根那些眞正的統治階級，每個人一定都毫髮無傷。反之，他們的處境更安全了，因爲沒有人會再懷疑那個地方。唯獨我不然。達瑞爾，你怎麼說？」

達瑞爾聳聳肩。「很有意思。我正在試圖用你的理論，印證兩個月前艾嘉蒂婭帶給我的口信。」

「哦，口信？」安索問道：「說些什麼？」

「嗯，我也不確定。短短五個字，但是很有意思。」

「慢著，」瑟米克插嘴道，口氣十分急切。「有件事我還不明白。」

「什麼事？」

瑟米克字斟句酌，嘴唇一開一合，一字一頓勉強地說：「嗯，侯密爾．孟恩剛剛說，雖然哈里．謝頓聲稱建立了第二基地，其實根本是在唬人。現在你又說事實並非如此，第二基地並不是個幌子，啊？」

「對，他並沒有唬人。謝頓聲稱他建立了第二基地，而事實正是如此。」

「好的，可是他還說了一點別的。他說他將這兩個基地，設在銀河中兩個遙相對峙的端點。好了，年輕人，這句話是不是唬人的——因爲卡爾根並非位於銀河的另一端。」

安索似乎有點惱怒。「那只是個小問題。他那番話，很可能是爲了保護他們而故意放出的煙幕。無論如何，請想想看——把那些心靈科學大師放在銀河另一端，能有什麼用處呢？他們的作用是什麼？是要維護謝頓計畫。誰是計畫的主要推手？是我們，是第一基地。那麼，他們應該置身何處，才最適宜觀察我們，並且最符合自己的需要？在銀河另一端嗎？簡直荒謬！其實他們是在相當近的地方，只有這樣才合理。」

瑟米克咯咯大笑。他幫達瑞爾製做那個裝置時，曾經猜過它的用途，如今證明他的猜測完全正確。這位老前輩果然還有兩把刷子……

安索說：「我想我聽得懂。」

「這種裝置相當容易大量生產，」達瑞爾繼續說：「藉著戰時研發的名義，基地所有的資源都在我的支配之下。現在，市長辦公室和立法機構都已受到『精神雜訊』的保護。而此地的重要工廠，以及這棟建築物也不例外。如今，我們可說已經較為隱密。將來，我們可以讓任何地方變得絕對安全，讓第二基地或者類似騾的異人再也無法入侵。我說完了。」

他將右手一攤，做了一個發言完畢的手勢。

屠博似乎極為驚訝。「那麼一切都結束了。謝頓保佑，一切都結束了。」

「不，」達瑞爾說：「並不盡然。」

「不盡然，怎麼會？還有什麼意料之外的發展嗎？」

「沒錯，我們還沒有找到第二基地！」

安索立刻吼道：「你到底想要說什麼……」

「是的，我還有話要說。卡爾根並不是第二基地。」

「你又怎麼知道？」

「太簡單了。」達瑞爾喃喃地說：「聽好，我、剛、好、知、道、第、二、基、地、眞、正、位、在、何、處。」

21　滿意的答案

屠博突然哈哈大笑——笑聲好像一陣呼嘯的巨風，在牆壁上來回反彈，許久之後才消失在喘息聲中。他有氣無力地搖搖頭，才說：「銀河啊，整個晚上不斷發生這種事。我們列出一個接一個的假想敵，我們玩得很開心，卻沒有任何具體結論。太空啊！也許每顆行星都是第二基地。也許他們根本沒有任何據點，重要人物都散佈在不同的行星上。這又有什麼關係呢？反正達瑞爾說，我們已經有完美的防禦武器。」

達瑞爾皮笑肉不笑。「屠博，光有完美的防禦武器還不夠。我的『精神雜訊器』離完美還差得遠，而且即使它眞的完美無缺，也只能讓我們待在一個地方。我們總不能永遠磨拳擦掌，虎視眈眈地防範著未知的敵人。我們不僅要知道該如何打勝仗，還得知道該打敗什麼人。而我可以肯定，敵人的確盤踞在某個世界上。」

「趕緊直說吧。」安索催促道：「你究竟有什麼情報？」

「艾嘉蒂婭送了一個口信給我。」達瑞爾說：「在我收到口信前，從未注意到那個明顯的事實。而且，我可能永遠不會注意到。那只不過是簡單的一句話：『圓沒有端點』。你們聽得懂嗎？」

「不懂。」安索以倔強的語氣答道，而這顯然代表大家的意見。

「圓沒有端點。」孟恩若有所思地重複了一遍，同時皺起了眉頭。

「好啦，」達瑞爾不耐煩地說：「我認為意思相當明顯——對於第二基地，我們掌握的一項絕對的事實是什麼，啊？讓我告訴你們！我們知道哈里．謝頓將它設在銀河的另一端。侯密爾．孟恩提出一個理論，認為謝頓其實是在唬人。裴禮斯．安索提出另一個理論，認為謝頓的話半眞半假，

「當然可以。」孟恩搶著答道：「刺眼的光線。」

「完全正確。」達瑞爾說：「高強度、足以使人失明的光線。」

「可是，這又是什麼意思？」屠博問道。

「這個類比相當明顯。我已經製成了『精神雜訊器』，它可以發射一種人造的電磁波，而這種電磁波對第二基地份子的影響，正如普通光束對我們所造成的效應。不過『精神雜訊器』很像萬花筒，它不斷迅速變換著型樣，絕不是任何心靈跟得上的。好，現在請想像一束強烈的閃光，看久了會令人頭痛的那種光束。若將這種光束增強，直到足以令人目盲——就會帶來肉體上的痛楚，一種無法忍受的痛楚。但是它只對具有視覺的人才會造成傷害，對於盲人根本沒有作用。」

「真的嗎？」安索開始感興趣了，「你試驗過嗎？」

「用誰來試驗呢？我當然還沒有試過，但是它一定有效。」

「喔，那麼控制此地雜訊場的開關在哪裡？我想看看那玩意。」

「在這裡。」達瑞爾將手伸進外衣口袋，掏出一個通體黑色、附有一些鍵鈕的圓柱體。那個裝置很小，放在口袋裡幾乎看不出來。達瑞爾掏出來之後，便順手丟給安索。

安索仔細地檢視著，然後聳了聳肩。「光是這樣看，根本看不出什麼苗頭。喂，達瑞爾，哪裡是我不能碰的？你也知道，我可不想無意中關掉這棟房子的保護傘。」

「不會的，」達瑞爾隨口答道：「控制開關已經鎖住了。」他朝一個捺跳開關輕彈了一下，果然一動也不動。

「這個旋鈕又是做什麼的？」

「那是用來改變型樣的變換速率。這個——這是改變強度的，我剛才提到過。」

「我可以──」安索問道，手指已經按在強度旋鈕上。其他三個人也湊了過來。

「有何不可？」達瑞爾聳聳肩，「反正對我們沒有作用。」

安索慢慢地、幾乎畏畏縮縮地開始轉動旋鈕，先朝一個方向轉，然後再轉回來。屠博緊張得咬緊牙根，孟恩則是兩眼迅速眨個不停。彷彿他們都想將自己的感官發揮到極限，試圖感受那個不會影響他們的電磁脈衝。

最後，安索又聳了聳肩，將那個控制器丟回達瑞爾的膝蓋上。「嗯，我想我們可以相信你的話。可是實在難以想像，當我轉動旋鈕的時候，真有什麼事情發生。」

「自然是不會的，裴禮斯．安索。」達瑞爾露出一個僵硬的笑容，「我給你的那個是假的。你看我這裡還有一個。」他脫掉外衣，解下掛在腰際的另一個一模一樣的控制器。

「你看。」達瑞爾一面說，一面把強度旋鈕轉到底。

伴著一聲可怕至極的慘叫，裴禮斯．安索倒在地板上。他痛苦萬分，拚命打滾，臉色一片死灰，十指猛力抓扯自己的頭髮。

孟恩兩隻眼睛充滿恐懼，他趕緊抬起雙腳，以免碰到這個扭動不已的軀體。瑟米克與屠博則成了一對石膏像，臉色蒼白，全身僵硬。

達瑞爾帶著凝重的表情，將旋鈕轉回原來的位置。安索微微抽動了一兩下，就靜靜地躺在那裡。他顯然還活著，急促的呼吸帶動著身體劇烈起伏。

「把他抬到沙發上去。」達瑞爾說完，就伸手去抱他的頭。「幫我一下。」

屠博趕忙去抬安索的腳。兩人好像抬一袋麵粉那樣，把他抬到沙發上去。過了好幾分鐘，安索的呼吸逐漸緩和，眼皮跳動一陣子後終於張開。他的臉色變得蠟黃，頭髮和身體全被汗水濕透，而

「五……六個在別的世界……就像嘉莉……我要睡了。」

他突然甩了甩頭，彷彿拚命力圖振作，而且的確顯得清醒不少。他想在挫敗之後爭回一點顏面，這是他所能做的最後一件事。

「已經幾乎擊敗你了。原本可以關掉防禦裝置，把你抓起來。原本可以證明誰才是主宰。你卻給了我一個假的控制器……從一開始就懷疑我……」

他終於睡著了。

屠博用餘悸猶存的口吻問道：「達瑞爾，你懷疑他多久了？」

「打從他剛出現。」他用平靜的口吻說：「他說，他是從克萊斯那裡來的。可是我很瞭解克萊斯，也瞭解我倆爲何不歡而散。他對第二基地這個題目充滿狂熱，而我卻曾經遺棄他。我那樣做自有道理，因爲我認爲獨自研究自己的理論，才是最好、最安全的做法。可是我無法向克萊斯解釋這一點，即使我說了，他也聽不進去。在他心目中，我是一名懦夫兼叛徒，甚至也許是第二基地的間諜。他是個愛記仇的人，從那時候起，直到他快去世了，都一直沒有和我聯絡。然後，突然間，在他生命的最後一週，他竟然寫信給我——以一個老朋友的身分——向我推薦他最優秀、最有前途的學生，要我們兩人合作，繼續昔日的探索。

「這並不像他的作爲。假如沒有外力影響，他怎麼可能有如此的舉動？所以我開始懷疑，懷疑這件事唯一的目的，是要我接納一名眞正的第二基地間諜。嗯，事實證明果眞如此……」

他嘆了一口氣，閉起眼睛好一陣子。

瑟米克遲疑地插嘴道：「那些第二基地的人……我們該拿他們怎麼辦？」

「我也不知道。」達瑞爾以悲傷的口吻說：「我想，可以把他們集體放逐。比如說，佐拉尼星就很適合。把他們送到那裡，並且在那顆行星上佈滿『精神雜訊』。男女可以隔離開來，更好的辦法是令他們絕育——五十年後，第二基地就會成爲歷史。除此之外，安樂死或許是更仁慈的辦法。」

「你認爲我們學得會他們那種感應力嗎？」屠博問道：「或是像騾一樣，那是他們與生俱來的？」

「我不知道。我想那是長期訓練的結果，因爲根據腦電圖，人類的心靈普遍具有這類潛能。可是你要那種能力幹什麼？連他們自己都未能受惠。」

達瑞爾皺起眉頭。

雖然他不再開口，心中卻在吶喊。

這一切都太容易了——太容易了。他們失敗了，這些所向無敵的超人，像故事書中的壞蛋一樣被一網打盡，他並不喜歡這個結局。

銀河啊！你我何時才能確知自己不是傀儡？又要如何才能確知自己不是傀儡？

艾嘉蒂婭馬上就要回來了，自己終將面對那個難題，但是他強迫自己暫時忘掉這件事。

她回來了，一個星期過去了，兩個星期過去了，他始終無法忘懷那個念頭。他怎麼可能不想呢？不知是什麼魔法作祟，她出門在外這段時間，已經從女孩變成了少女。她是他生命的延續，是那段苦樂參半、驟然結束的婚姻所留下的唯一紀念。

某一天晚上，他盡可能像是隨口問道：「艾嘉蒂婭，你是怎樣斷定端點星上有兩個基地的？」

「從今以後，你能不能叫我艾卡蒂？」

「可是——沒問題，艾卡蒂。」

勝利的驕傲漸漸滲入並充盈他心中。基地——第一基地——現在則是唯一的基地——成了銀河系絕對的主宰。再也沒有任何障礙橫亙於第二帝國——謝頓計畫的最終目標——與他們之間。

只要不斷前進就行了……

謝天謝地……

22 眞正的答案

在一個不知名的世界上，一個地點不明的房間中！

某人的計畫成功了。

第一發言者抬頭看了看弟子。「五十名男女，」他說：「五十位烈士！他們明知下場不是處決就是終身監禁，而且，他們還不能事先接受意志力強化——否則很容易被偵測出來。但是他們未曾表現絲毫軟弱。他們順利完成計畫，因爲他們熱愛那個更偉大的謝頓計畫。」

「人數不能再少一點嗎？」弟子不解地問。

第一發言者緩緩搖了搖頭。「這已經是下限了。人數再少一點，就不可能有說服力。事實上，純粹客觀而言，至少需要七十五人，才足以吸收可能的誤差。不過別操這個心了。『發言者評議會』十五年前擬定的行動方針，你研究過了沒有？」

「有的，發言者。」

「和實際發展比較過了沒有？」

「有的，發言者。」頓了一頓之後——

「發言者，我感到相當驚訝。」

「我明白。這種驚訝從無例外。倘若你知道投注了多少人力，花了多少個月——應該說多少年——才將這個計畫修改到盡善盡美，你就不會那麼驚訝了。現在告訴我這整個過程——用普通的語言，我要你把數學都翻譯成普通的語言。」

「遵命。」年輕人整理了一下思緒，「原則上，必須讓第一基地的人徹底相信，他們已經找到並摧毀了第二基地。這樣一來，一切就會回到我們預定的原點。換句話說，端點星恢復對我們一無所知的狀態：在他們的算計中，不會再將我們列入考慮。我們再一次安全地藏匿起來——那五十個人則是代價。」

「卡爾根之戰的目的呢？」

「讓基地明白，他們有能力戰勝有形的敵人——以掃除騾所帶給他們的打擊，讓他們恢復自尊和自信。」

「你這裡的分析不夠充分。記住，端點星上的人對我們抱著矛盾的態度。他們認爲我們擁有優勢，因此對我們又憎恨又嫉妒；但在潛意識中，他們又仰賴我們的保護。假使在卡爾根之戰發生前，我們就被他們『摧毀』，會給整個基地帶來普遍的恐慌。當史鐵亭發動攻擊的時候，他們將失去面對這場戰爭的勇氣，而令史鐵亭得逞。只有在他們讓勝利沖昏頭的情況下，我們的『毀滅』帶來的負面影響才能減到最小。即使多等一年，他們的成就感也將冷卻一大半。」

弟子點點頭。「我懂了。那麼從今以後，歷史的軌跡將遵循謝頓計畫的方向，不會再有任何偏折。」

「除非，」第一發言者強調：「又有什麼個別的、不可預見的意外發生。」

「爲了預防這種事，」弟子接著說：「所以我們必須存在。只是……只是……發言者，目前的態勢，有一件事令我很擔心。第一基地發明出『精神雜訊器』——那是專門用來對付我們的強力武器。至少，這種情形是前所未有的。」

「說得好。但是他們卻找不到需要對付的敵人。那個裝置會變得無用武之地；正如我們的威脅消失之後，腦電圖分析也會變成一門無用的科學。其他的科學會取而代之，帶來更重要、更立即的回報。因此，第一基地這些第一代的精神科學家，也將是最後一代——一個世紀之後，『精神雜訊器』就會變成幾乎被人遺忘的古董。」

「嗯——」弟子在心中默默盤算，「我想您說得很對。」

「可是年輕人，爲了你將來在評議會中的工作，我最希望你瞭解的是，過去十五年間，由於需要處理個人的行爲，我們的計畫被迫考慮一些微妙的情狀。比如說，安索必須啓人疑竇，以便一切能在適當時機成熟，不過這是相當簡單的一件事。

「此外，我們必須安排一種情狀，讓端點星上不會有人過早起疑，想到端點星正是他們尋找的目標。這種想法必須由那個小女孩艾嘉蒂婭提出來，而且除了她父親，不會有其他人注意到。因此，她必須被帶到川陀，以便確保這對父女在時機成熟前無法接觸。這兩個人就像超核發動機的兩極，少了一個就無法運作。而且必須在正確的時間按下開關，接通線路。我設法做到了！

「卡爾根之戰必須處理得極爲恰當。一定要讓基地艦隊自信滿滿，而卡爾根艦隊未戰先怯。這我也做到了！」

弟子又說：「發言者，我覺得您……我的意思是我們大家……似乎都依賴一個關鍵因素，那就是達瑞爾博士並未懷疑艾嘉蒂婭是我們的工具。而我檢查這方面的計算，發現他會起疑的機率約有百分之三十。萬一眞發生這種事呢？」

「我們早已做好完善的防範。你學過『干擾高原』理論吧？它究竟代表什麼？當然不是植入某種『情感傾向』的證據。即使最精密的腦電圖分析，也絕不可能偵測出這種變化。你該知道，這是拉弗特定理的結果。眞正能在腦波上顯示的，是取出、是切除原有『情感傾向』所造成的影響。那種變化一定會顯現出來。

「當然，安索負責讓達瑞爾知曉有關『干擾高原』的一切細節。「然而——在哪種情況下，可以讓一個人受到控制，又不會在腦波中顯現出來？唯有那人並沒有任何『情感傾向』需要切除。換句話說，唯有那人是新生兒，整個心靈如同一張白紙。十五年前，當計畫跨出第一步的時候，出生於川陀的艾嘉蒂婭．達瑞爾就是這樣的一個嬰兒。她永遠不會知道自己受到控制，而這樣最好，因爲這個控制幫助她建立了一個珍貴而聰敏的性格。」

第一發言者乾笑了一聲。「就某方面而言，最令人驚訝的是整個事件的諷刺性。四百年以來，多少人曾被謝頓的一句『銀河另一端』所愚弄；他們各自提出特定的、物理科學模式的解答，真的拿量角器和直尺來尋找『另一端』。結果，不是繞到銀河邊緣一百八十度之外，就是回到原來的出發點。

「而我們最大的危險，在於僅僅根據物理思考模式，便有可能推測出正確答案。你也知道，銀河不是一個扁平的卵形體，銀河外緣也並非封閉曲線。銀河其實是個雙螺旋，至少有八成的住人行星位於『主旋臂』上。端點星位於旋臂的最外端，而我們則在另一端——螺旋的另一端在哪裡呢？哈，是在中心區域。

「但這毫不起眼，它是個並不切題的答案。倘若鑽研這個問題的人，能夠記得哈里．謝頓是一位社會科學家，而並非自然科學家，再據此調整他們的思維模式，應該就能立刻想到這個答案。對一位社會科學家而言，『另一端』代表什麼意義呢？地圖上的另一端嗎？當然不是。那只是機械式的詮釋。

「第一基地設在銀河外緣，該處本是昔日帝國勢力最薄弱、施以文明洗禮最少、財富和文化趨近於零的地方。而哪裡又是銀河社會的另一個極端呢？哈，就是帝國最強盛、文明最發達、財富和文化鼎盛之處。

「這裡！這個中心！它就在川陀，謝頓時代的帝國首都。

「這是多麼理所當然。哈里．謝頓留下一個第二基地，是為了要維護、改進並推展他的計畫。早在五十年前，就已經有人明白這一點，或者至少猜到了。但這項工作最適宜在何處進行？自然是在川陀。當年謝頓團隊的研究在這裡進行，數十年蒐集的資料也都匯集此地。此外，第二基地的目的是要保衛謝頓計畫，這點也是眾所周知！而對於端點星和謝頓計畫，最大的威脅又源自何處？

「就在此地！就在川陀這裡。帝國雖然奄奄一息，可是前後有三個世紀的時間，帝國仍然能夠摧毀基地，只要它下定決心這麼做。

「一個世紀前，當川陀淪陷，慘遭劫掠，變作一片廢墟時，我們自然有辦法保衛自己的大本營。於是整個行星，只有帝國圖書館和周圍的校園安然無事。這是銀河系人盡皆知的事實，但即使是如此明顯不過的暗示，也沒有任何人注意到。

「艾布林．米斯就是在川陀發現我們的下落，我們只好提早結束他的生命，令他無法說出這個祕密。為了做到這一點，我們必須借重一個普通的基地女子，借她的手來擊敗騾的強大異能。當然，這樣做難免會使人懷疑到這顆行星——就在此地，我們首次對騾進行研究，因而訂出擊敗他的計畫。而艾嘉蒂婭也在此出生，自此引發一連串的事件，終於使得謝頓計畫重新回到正軌。

「我們所暴露的那些祕密，那些漏洞，竟然通通沒有被發現，這都是因為謝頓所說的『另一端』乃別有所指，他們卻自以為是地另做解釋。」

第一發言者沉默了良久。他剛才對弟子說的這番話，其實更像是為自己解說一切。現在他站在窗前，仰望著蒼穹中不可思議的強烈光焰，仰望著從此永遠太平的廣袤銀河。

〔E〕
Eastern Spaceport 東郊太空航站
Elder 長老
electrochemistry 電化學
electroneurologist 神經電學家
Elvett Semic 愛維特・瑟米克｛基地物理學家｝
emotional bias 情感傾向
emotional context 情感氛圍
emotional potential 情感勢能
emotional symbology 情感訊息符號
encephalograph 腦電圖
encephalographer 腦電圖學家
encephalographic(al) analysis 腦電圖分析
encephalography=electroencephalography 腦電圖（分析）
Energy Transmitting Station 能源傳輸站
engine room 引擎室
enlightened despot 開明專制
Etheric tube 乙太管｛杜撰名詞｝
Executive Council 執行評議會
Executive Office 官邸辦公室

〔F〕
farm co-operative 農產合作社
Fearless 無畏號
Femel Leemor 菲美爾・李莫｛基地艦隊志願軍｝
Fermus 費瑪斯｛行星｝
Field of Emotional Repulsion 情感禁制場｛杜撰名詞｝
Field Region 像場
First Citizen 第一公民
first colonel 一級上校
First Empire 第一帝國
First Foundation 第一基地
First Galactic Empire 第一銀河帝國
First Lady 第一夫人
First Minister 首相
First Speaker 第一發言者
Flowered Path 錦簇大道
force-field support 力場支架｛杜撰名詞｝
Foundation territory 基地領域
frontal lobe 額葉｛醫學名詞｝

〔G〕
Galactic Field 銀河像場｛杜撰名詞｝
Galactic triple-zero 銀河座標原點
Galactography 銀河地理
Galactic Offensive 泛銀河攻勢
Grand Detector 大域偵測器
gray cell 腦細胞
Great Interregnum=Interregnum 大斷層
grid 光柵
guiding beam 導航電波

〔H〕
Hanto 漢特｛卡爾根警員｝
Home Fleet 後備艦隊
Homir Munn 侯密爾・孟恩｛基地圖書館員｝
hyper-relay 超波中繼器｛杜撰名詞｝
hyperband 超波頻帶｛杜撰名詞｝
hypertracer 超波追蹤器｛杜撰名詞｝
hyperwave motor 超波馬達｛杜撰名詞｝

〔I〕
Ifni sector 伊夫尼星區

inanimate technology 無機科技｛杜撰名詞｝
induction period 暖機時間
inhabited system 住人星系
inner star system 內圍星系
Intergalactic Standard Day 銀河標準日
Intergalactic Standard Time 銀河標準時間
Intergalactic Standard Year 銀河標準年
Intersection point 交會點
interstellar cruiser 星際巡弋艦
interstellar engineering 星際交通工程學
intranuclear motion 核內運動

〔J〕
Jole Turbor 裘爾・屠博｛基地新聞記者｝
Junior Officer Tippellum 下級軍官提波路｛基地艦隊軍官｝

〔K〕
Kalganid 卡爾根幣
Kamble dynasty 坎伯王朝
kingdom of Tazenda 達辛德王國
Kleise 克萊斯｛基地腦電圖權威｝
Korillov's theorem 勾里洛夫定理｛杜撰名詞｝

〔L〕
Lady Callia 嘉莉貴婦｛史鐵亭的寵姬｝
Leffert's theorem 拉弗特定理｛杜撰名詞｝
Legislative assembly 立法機構
Lens Image 透鏡影像
Lev Meirus 列夫・麥拉斯｛卡爾根首相｝
lieutenant general 中將｛陸軍階級｝
Lieutenant Orum Dirige 歐如姆・迪瑞吉副隊長｛卡爾根警官｝
light signature 星光簽名
light-second 光秒
Locrian 盧奎斯人
Locris 盧奎斯｛行星｝
logarithmic Slide Rule 對數式計算尺
Lords of Tazenda 達辛德領主們
luggage compartment 行李艙

〔M〕
Main Arm 主旋臂｛天文名詞｝
Main fleet 主力艦隊
Mamma「媽媽」｛帕佛太太的暱稱｝
Massena 瑪瑟納｛行星｝
Mediator Extraordinary 調停特使
Meeting Hall 集會廳
megalomania 誇大狂｛心理學名詞｝
mental rapport 精神融合
Mental Science=mental science 精神科學
Mental Static device 精神雜訊器｛杜撰名詞｝
Mental Static 精神雜訊｛杜撰名詞｝
Milla 米拉｛李莫的妻子｝
mind pattern 心靈型樣
Mind Resonating Organ 心靈共振器官｛杜撰名詞｝
Mind-master 心靈科學大師
Miss Erlking 愛爾金小姐｛艾嘉蒂婭的老師｝
Mistress 寵姬
motor wagon 貨車
mouth-piece 輸入端
Muliana 騾學

transcriber=transmitter 聽寫機
translate 平移
Trash Disinto 垃圾分解器
Treasury 國庫
trimensional cube 三維水晶像
trimensional viewer 三維視鏡

〔U〕
ultrawave region 超波頻帶｛杜撰名詞｝
unconscious 潛意識｛心理學名詞｝
Unconverted 非回轉者｛杜撰名詞｝
Unimara **單海號**
Union of Worlds 行星聯盟
universal Galactic language 銀河標準語

〔V〕
ventilation-system 空調系統
video 超視
viewer 視訊電話
Viewer 閱讀鏡
village of Gentri 紳士村
Vincetori 凱旋星｛恆星｝
visicast 新聞幕
visicastor 新聞幕播報員

〔W〕
wing division 側翼分隊

〔Z〕
Zoranel 佐拉尼星｛行星｝

【附錄】

艾西莫夫傳奇

葉李華

以撒·艾西莫夫（Isaac Asimov, 1920-1992）是科幻文壇的超級大師，也是舉世聞名的全能通俗作家。他與克拉克（Arthur Clarke, 1917-2008）及海萊因（Robert Heinlein, 1907-1988）鼎足而立，同爲廿世紀最頂尖的西方科幻小說家。除此之外，在許多讀者心目中，他還是一位永恆的科學推廣者、理性主義的代言人，以及未來世界的哲學家。

＊　＊　＊

艾西莫夫是家中長子，一九二〇年一月二日生於白俄羅斯的彼得維奇（Petrovichi），三歲時隨父母移民美國，定居紐約市。雖然父母都是猶太人，他卻始終不能算是猶太教徒，後來更成爲徹底的無神論者。

艾西莫夫聰明絕頂、博學強記，未滿十六歲便完成高中學業，十九歲畢業於哥倫比亞大學，二十一歲獲得哥大化學碩士學位。但由於攻讀博士期間投筆從戎四年，直到一九四八年才獲得哥大化學博士學位。次年他成爲波士頓大學醫學院生化科講師，並於一九五五年升任副教授。可是三年後由於太過熱衷寫作，他不得不辭去教職，成爲一位專業作家，但爭取到保留副教授頭銜，並於一九七九年晉升爲教授。

十進分類法」：○○○「總類」、一○○「哲學類」、二○○「宗教類」、三○○「社會科學類」、四○○「語文」、五○○「自然科學類」、六○○「科技」、七○○「藝術」、八○○「文學」、九○○「地理」。無論上天下海、古往今來的任何主題，他都一律下筆萬言、洋洋灑灑。自有人類以來，從來沒有第二個人，曾就這麼多題材寫過這麼多本書。後世子孫將很難相信，在「前網路時代」（prenet era），地球上出現過這樣一位血肉之軀的百科全書。

博古通今的艾西莫夫寫起文章總是旁徵博引，以宏觀的角度做全面性觀照。他最喜歡根據歷史發展的脈絡，指出人類未來的正確走向。而在艾西莫夫眼中，理性是人類最基本也是最後的憑藉，人類的進步史就是一部理性發達史。因此任何反理性的言論，都是他口誅筆伐的對象；任何反智的人物，從高級神棍到低級政客，都逃不過他尖酸卻不刻薄的修理。

艾西莫夫雖然未曾標榜自己是未來學家，卻對各個層面的未來都極爲關切。大至未來的太空殖民，小至未來可能的收藏品，都是他津津樂道的題目。他的科技預言一向經得起時間考驗，令人懷疑他簡直是個自由穿梭時光的旅人。例如他在一九八〇年寫過一篇〈全球化電腦圖書館〉，我們只要讀上幾段，便會赫然發現主題正是十五年後的「全球資訊網」。而他在發表於一九八八年的〈化學工程的未來〉這篇文章中，則已經討論到當今最熱門的生物科技。

＊　＊　＊

艾西莫夫著作逾身，但不論他自己或是全世界的讀者，衷心摯愛的仍是他的科幻小說。身爲科幻作家的他，生前曾贏得五次雨果獎與三次星雲獎，兩者皆是科幻界的最高榮譽。

一九六三年雨果獎：《奇幻與科幻雜誌》（Magazine of Fantasy and Science Fiction）上的科學專欄榮獲特別獎

一九六六年雨果獎：「基地系列」榮獲歷年最佳系列小說獎

一九七三年雨果獎：《諸神自身》榮獲最佳長篇小說獎

一九七三年星雲獎：《諸神自身》榮獲最佳長篇小說獎

一九七七年雨果獎：〈雙百人〉（The Bicentennial Man）榮獲最佳中篇小說獎

一九七七年星雲獎：〈雙百人〉榮獲最佳中篇小說獎

一九八三年雨果獎：《基地邊緣》榮獲最佳長篇小說獎

一九八七年星雲獎：因終身成就榮獲科幻大師獎（嚴格說來並非屬於星雲獎，而是與星雲獎共同頒贈的獨立獎項）

除了科幻創作，他也寫科幻評論、編纂過百餘本科幻選集，並協助出版科幻刊物。以他的大名爲號召的《艾西莫夫科幻雜誌》（Isaac Asimov's Science Fiction Magazine），是美國當今數一數二的科幻文學重鎮。

艾西莫夫晚年健康甚差，到最後根本寫不了長篇小說。聰明的出版商遂突發奇想，建議他選出最心愛的科幻中短篇當作骨架，與另一位美國科幻名家席維伯格（Robert Silverberg, 1935-）協力，擴充成有血有肉的長篇科幻小說。艾氏非常喜歡這個構想，於是不久之後，他的三篇最愛〈夜歸〉（1941）、〈醜小孩〉（The Ugly Little Boy, 1958）與〈雙百人〉（1976），先後脫胎換骨爲三本精采萬分的科幻長篇《夜幕低垂》、《醜小孩》與《正子人》。好在有這樣的合作，艾西莫夫的科幻創作方能延續到生命的盡頭，而這正是他自己最大的心願——他生前常說最希望能死於任上，在打字機前嚥下最後一口氣。

【點滴拾遺】

☆名嘴：艾西莫夫很早就到處「現身說法」，但一向不準備講稿，總是以即席演講贏得滿堂喝采。

☆婚姻：艾西莫夫結過兩次婚，顯然第二次婚姻較爲美滿。他的第二任妻子珍娜（Janet Asimov）本是一位精神科醫師，在夫婿大力協助下，退休後成爲一名相當成功的作家。

☆懼高症：艾西莫夫筆下的人物經常遨遊太空，他本人卻患有懼高症，一九四六年後便從未搭過飛機。

☆短篇最愛：其實艾西莫夫自己最滿意的科幻短篇是〈最後的問題〉（The Last Question, 1956），他笑說自己只用了短短數千字，便涵蓋宇宙兆年的演化史。或許由於這篇小說稍嫌深奧，因此始終未曾改寫成長篇。

☆死於任上：艾西莫夫曾將這個心願寫在〈速度的故事〉（Speed）一文中。這篇短文是他爲《艾西莫夫科幻雜誌》撰寫的最後一篇「編者的話」，刊登於該雜誌一九九二年六月號。

【網站資料】

艾西莫夫首頁：http://www.asimovonline.com/

艾西莫夫FAQ：http://www.asimovonline.com/asimov_FAQ.html

艾西莫夫著作目錄（依類別）：http://www.asimovonline.com/oldsite/asimov_catalogue.html

艾西莫夫著作目錄（依時序）：http://www.asimovonline.com/oldsite/asimov_titles.html

【譯者簡介】

葉李華

一九六二年生，台灣大學電機系畢業，加州大學柏克萊分校理論物理博士，致力推廣中文科幻與通俗科學二十餘年，相關著作與譯作數十冊。自一九九〇年起，即透過各種管道譯介、導讀及講授艾西莫夫作品，被譽爲「艾西莫夫在中文世界的代言人」。

謎幻之城 010C

第二基地（艾西莫夫百年誕辰紀念典藏精裝版）

原著書名／Second Foundation
作　　者／以撒・艾西莫夫（Isaac Asimov）
譯　　者／葉李華
責任編輯／張世國
發 行 人／何飛鵬
總 編 輯／王雪莉
業務經理／李振東
行銷企劃／陳姿億
資深版權專員／許儀盈
版權行政暨數位業務專員／陳玉鈴
法律顧問／元禾法律事務所　王子文律師
出版／奇幻基地出版
城邦文化事業股份有限公司
台北市 104 民生東路二段 141 號 8 樓
電話：(02)25007008　傳眞：(02)25027676
網址：www.ffoundation.com.tw
e-mail：ffoundation@cite.com.tw
發行／英屬蓋曼群島商家庭傳媒股份有限公司城邦分公司
台北市 104 民生東路二段 141 號 11 樓
書虫客服服務專線：(02)25007718・(02)25007719
24 小時傳眞服務：(02)25170999・(02)25001991
服務時間：週一至週五 09:30-12:00・13:30-17:00
郵撥帳號：19863813　戶名：書虫股份有限公司
讀者服務信箱 E-mail：service@readingclub.com.tw
歡迎光臨城邦讀書花園 網址：www.cite.com.tw
香港發行所／城邦（香港）出版集團有限公司
香港灣仔駱克道 193 號東超商業中心 1 樓
電話：(852) 2508-6231 傳眞：(852) 2578-9337
馬新發行所／城邦（馬新）出版集團
【Cite(M)Sdn. Bhd.(458372U)】
11, Jalan 30D/146, Desa Tasik,
Sungai Besi, 57000 Kuala Lumpur, Malaysia.
電話：(603) 90578822　傳眞：(603) 90576622

封面設計／宇陞工作室
排　　版／極翔企業有限公司
印　　刷／高典印刷有限公司
■ 2005 年（民 94）5 月 30 日初版一刷
■ 2021 年（民 110）12 月 6 日二版 15 刷

售價／ 380 元

國家圖書館出版品預行編目資料

第二基地／以撒・艾西莫夫（Isaac Asimov）著；
葉李華譯 .-- 初版 .-- 台北市：奇幻基地出版；
家庭傳媒城邦分公司發行；2005（民 94）
面：　公分 .--（謎幻之城：10）
ISBN 978-986-7576-79-8（平裝）

874.57　　94008694

ISBN 978-986-7576-79-8
EAN 4717702114589
Printed in Taiwan.

廣　告　回　函
北區郵政管理登記證
台北廣字第000791號
郵資已付，免貼郵票

104台北市民生東路二段141號11樓

英屬蓋曼群島商家庭傳媒股份有限公司城邦分公司 收

請沿虛線對摺，謝謝

奇幻基地

每個人都有一本奇幻文學的啓蒙書

奇幻基地官網：http://www.ffoundation.com.tw
奇幻基地粉絲團：http://www.facebook.com/ffoundation

書號：**1HS010C**　　書名：第二基地（艾西莫夫百年誕辰紀念典藏精裝版）

奇幻基地 20 週年 ‧ 幻魂不滅，淬鍊傳奇

集點好禮瘋狂送，開書即有獎！購書禮金、6 個月免費新書大放送！

活動期間，購買奇幻基地作品，剪下回函卡右下角點數，集滿兩點以上，寄回本公司即可兌換獎品&參加抽獎！

參加辦法與集點兌換說明：

活動時間：2021 年 3 月起至 2021 年 12 月 1 日（以郵戳為憑）

抽獎日：2021 年 5 月 31 日、2021 年 12 月 31 日，共抽兩次

奇幻基地 2021 年 3 月至 2021 年 12 月出版之新書，每本書回函卡右下角都有一點活動點數，剪下新書點數集滿兩點，黏貼並寄回活動回函，即可參加抽獎！單張回函集滿五點，還可以另外免費兌換「奇幻龍」書檔乙個！

【集點處】（點數與回函卡皆影印無效）

1	2	3	4	5
6	7	8	9	10

活動獎項說明：

★ **「基地締造者獎 ‧ 給未來的讀者」抽獎禮**：中獎後 6 個月每月提供免費當月新書一本。（共 6 個名額，兩次抽獎日各抽 3 名）

★ **「無垠書城 ‧ 戰隊嚴選」抽獎禮**：中獎後獲得戰隊嚴選覆面書一本，隨書附贈編輯手寫信一份。（共 10 個名額，兩次抽獎日各抽 5 名）

★ **「燦軍之魂 ‧ 資深山迷獎」抽獎禮**：布蘭登‧山德森「無垠祕典限量精裝布紋燙金筆記本」。
抽獎資格：集滿兩點，並挑戰「山迷究極問答」活動，全對者即有抽獎資格（共 10 個名額，兩次抽獎日各抽 5 名），若有公開或抄襲答案者視同放棄抽獎資格，活動詳情請見奇幻基地 FB 及 IG 公告！

特別說明：

1. 請以正楷書寫回函卡資料，若字跡潦草無法辨識，視同棄權。
2. 活動贈品限寄台澎金馬。

當您同意報名本活動時，您同意【奇幻基地】（城邦文化事業股份有限公司）及城邦媒體出版集團（包括英屬蓋曼群島商家庭傳媒股份有限公司城邦分公司、書虫股份有限公司、墨刻出版股份有限公司、城邦原創股份有限公司），於營運期間及地區內，為提供訂購、行銷、客戶管理或其他合於營業登記項目或章程所定業務需要之目的，以電郵、傳真、電話、簡訊或其他通知公告方式利用您所提供之資料（資料類別 C001、C011 等各項類別相關資料）。利用對象亦可能包括相關服務的協力機構。如您有依個資法第三條或其他需要協助之處，得致電本公司（(02) 2500-7718）。

個人資料：

姓名：______________________ 性別：□男 □女

地址：_____________________________________ Email：______________________

想對奇幻基地說的話或是建議：____

____

奇幻基地 20 週年慶‧城邦讀書花園 2021/12/31 前樂享獨家獻禮！
立即掃描 QRCODE 可享 50 元購書金、250 元折價券、6 折購書優惠！
注意事項與活動詳情請見：https://www.cite.com.tw/z/L2U48/

FB 粉絲團　　戰隊 IG 日常　　讀書花園

請剪下右側點數，貼於集點處，集滿兩點即可參加抽獎

1p 2021